高长梅 王培静◎主编

相约名家·冰心奖获奖作家作品精选

女儿的答案

黄克庭 著

九州出版社
JIUZHOUPRESS

全国百佳图书出版单位

图书在版编目（CIP）数据

女儿的答案 / 黄克庭著. –– 北京：九州出版社，2013.5（2024.4
重印）

（相约名家·冰心奖获奖作家作品精选 / 高长梅，王培静主编）

ISBN 978–7–5108–2071–7

Ⅰ.①女…　Ⅱ.①黄…　Ⅲ.①散文集 – 中国 – 当代
②小小说 – 小说集 – 中国 – 当代　Ⅳ.①I217.2

中国版本图书馆CIP数据核字（2013）第084598号

女儿的答案

作　　者　黄克庭　著
出版发行　九州出版社
地　　址　北京市西城区阜外大街甲35 号（100037）
发行电话　（010）68992190/3/5/6
网　　址　www.jiuzhoupress.com
电子信箱　jiuzhou@jiuzhoupress.com
印　　刷　三河市恒升印装有限公司
开　　本　710 毫米×1000 毫米　16 开
印　　张　10.5
字　　数　151 千字
版　　次　2013 年 5 月第 1 版
印　　次　2024 年 4 月第 11 次印刷
书　　号　ISBN 978–7–5108–2071–7
定　　价　49.80 元

出版说明

冰心是我国现代文学史上著名的作家,她的儿童文学作品和散文在中国文学史上占有重要位置。

这里所说的"冰心奖"包括"冰心儿童文学艺术奖"和"冰心散文奖"。

"冰心儿童文学艺术奖"创立于1990年。创立以来,它由最初的单一儿童图书奖,发展为包括图书、新作、艺术、作文四个奖项的综合性大奖,旨在鼓励儿童文学作品的创作出版,发现、培养新作者,支持和鼓励儿童艺术普及教育的发展。其中,"冰心儿童文学新作奖"与"宋庆龄儿童文学奖"、"陈伯吹儿童文学奖"、"全国儿童文学奖"并称国内四大儿童文学奖。

"冰心散文奖"是一项具有权威的全国性的散文大奖。冰心生前曾是中国散文学会名誉会长,"冰心散文奖"是遵照其生前遗愿而设立的,旨在彰显我国散文创作的成就,不断评选出题材广泛、思想敏锐、着力表现现实生活,创作形式风格多样的优秀散文。"冰心散文奖"是与"茅盾文学奖"、"鲁迅文学奖"并列的我国文学界散文类最高奖项,也是中国目前中国散文单项评奖的最高奖。

《相约名家·冰心奖获奖作家作品精选》共收录近年来荣获"冰心儿童文学艺术奖"和"冰心散文奖"的三十位作家的作品。这些作品无论是小说还是散文,或抒写人间大爱,或展现美丽风光,或揭示生活哲理,或写实社会万象,从不同角度给青少年读者以十分有益的启迪。

随着中小学课程改革的深入与发展,让中小学生多读书、读好书早已成为共识。我社推出本套大型丛书,希冀为提升中国的基础教育、为青少年的健康成长尽一份力。

九州出版社

第三辑　在马路上奔跑的鸡蛋

第四辑　恐惧创新

CONTENTS

目录

第五辑　**要不骗人也真难**

第六辑　**鱼与佛**

CONTENTS

目录

第七辑　入侵梦境

Chu Bei Wei Lai De Jue Qiao

储备未来的诀窍

文学是灯，照亮人性之美

2008 年 11 月 5 日，中国作家协会主席铁凝一行来到义乌考察，他们参观了义乌国际商贸城、梦娜袜业、义乌新农村建设特色村李祖村……我有幸成了"追星族"，目睹了这位有传奇色彩的美女作家的风采。

当天上午十点半，铁凝一行从杭州驱车来到义乌。早早等候着的义乌副市长王迎、义乌市文联主席楼小明等同志陪同客人考察了气势磅礴、美轮美奂的义乌国际商贸城。

义乌是一座以小商品市场闻名的城市。义乌市场经营总面积达四百七十万平方米。商位七万个，拥有十六个大类、四千二百零二个种类、一百七十万种商品。如在每个商位前停留三分钟，按一天八小时计算，逛完全部商位需要一年多时间。市场从业人员二十余万，日客流量二十一万人次。来自世界各地的十万余家生产企业六千余个知名品牌在这里常年展示商品，义乌是中国商品走向世界和世界商品走向中国的桥梁，被联合国、世界银行等权威机构誉为全球最大的小商品批发市场。

铁凝说，义乌太有名了！浙江省委领导多次向她建议到义乌看看、走走，这次终于有时间来了，从杭州到义乌的路上，他们一行人一直在汽车上讨论"义乌为什么会发展得这么快"，总是搞不清楚其中的原因。到了义乌后，铁凝向陪同人员详细询问了许多问题，并不时地与经商户交谈，了解商

品的生产、销售情况，以及"全球金融危机"给义乌带来的影响等。

　　义乌国际商贸城是名副其实的小商品海洋，铁凝一行进入后，常常被琳琅满目的小商品吸引住，挪不开步。在发夹饰品区，铁凝认真挑选了几款样品，询问了价格后，觉得"真便宜"，要付款购买。谁知，义乌人却不要她的钱，说要送给她做个纪念。铁凝不好意思接受，相互推让了几番后，铁凝坚定地说："谢谢你的好意，我不买了！"

　　在一家出售帆船的店面里，铁凝又被那些挂满风帆的航船模型吸引住了。挑选了一款四十厘米规模的小帆船模型，觉得放在办公室里挺适合，问了价格是"一百元"，当她要付钱购买时，这里的老板也说要送给她。结果是，铁凝又"忍痛割爱"，一走了之。

　　在一销售牙刷的店铺里，铁凝看中了一款电动牙刷，询问了价格后，自叹"比北京商店里的便宜多了"，但她始终没有开口说"买"，只是认真地看看、摸摸，摸摸、看看，恋恋不舍地放下……

　　陪同人员似乎看出了她的心思，笑问她："是不是又怕人家要送给您呀？谁让您这么出名呢！您也不给个面子……"

　　义乌市文联主席楼小明向铁凝建议："中国作家协会到义乌来搞个创作基地吧，每年请几位大作家到义乌来搞创作……"

　　铁凝笑着答复："不行啊，他们到义乌来，可能只知道买东西而不知道写作了！"

　　铁凝说，虽然到义乌来是第一次，但跟义乌人打交道的历史已经很长了，"义乌王西彦是我的忘年交"，她曾多次上门拜访。铁凝说，王西彦在文学史上是有地位的，人品也很好，她尊敬他。铁凝希望义乌的作家多跟王西彦的儿子王晓明（文学评论家，现上海大学文学院博士生导师、首席教授）联系，也多跟冯雪峰的后人联系。铁凝说，义乌不但具有丰厚的文化底蕴，城市建设也始终走在前列，国际商贸城更是让人震撼。在义乌处处都能感受到改革开放三十多年的伟大成就，这里有很好的创作素材，希望义乌作家能很好地发掘。

铁凝很关心义乌的文学事业，在认真听取了义乌市文联主席楼小明的汇报后，还询问了当地作家创作状况等问题。在跟义乌本土作家面对面进行交流时，她还主动讨要义乌作家作品集。当义乌作家要求拍照留念时，铁凝爽朗地答应。在义乌新农村建设特色村——后宅街道李祖村参观时，一名该村的文学青年向铁凝提出"能否给我签名留念"时，铁凝不但愉快地接受了，还主动与他交谈，说了许多鼓励的话。

当天，铁凝在我的笔记本里题了词："文学是灯，照亮人性之美"。让我备感荣幸。

其实，铁凝不但用自己的大量作品热情歌颂了"文学是灯，照亮人性之美"，更用自己的一言一行深刻诠释了这句话的内涵。

来去匆匆。铁凝在临别之际说："这次到义乌来，时间虽然很短，但内容很丰富，在头脑里已经留下深刻的印象，会永远记住义乌，以后有机会再来仔细看看、走走。"

"我是中国改革开放后成长起来的作家。"铁凝自豪地说。作为新时期女性作家的一面旗帜，铁凝的作品风格多变。她的早期作品如《没有纽扣的红衬衫》《哦，香雪》，多描写生活中普通的人与事，细腻地描写人物的内心，从中反映人们的理想与追求、矛盾与痛苦，语言干净、柔美、清新。1986年、1989年、1995年，铁凝先后发表反省古老历史文化、关注女性生存的中篇小说《麦秸垛》《棉花垛》《青草垛》。"三垛系列"使她的风格从纯净走向凝重，创作从此走向成熟。此后《玫瑰门》《大浴女》等长篇小说则进一步延续了她对生命本质和苦难的思考。2006年出版的长篇小说《笨花》则被认为是她三十年创作的一次阶段性总结，"以文学之灯照亮人性之美"。

"我的创作更多来自于我对生活、对文学积极的态度。"铁凝说。八九岁时，由于身为知识分子的父母去了"五七"干校，铁凝寄居在亲戚家，学会独立。铁凝从小立志当作家，当听说作家要体验生活时，1975年高中毕业后，她主动去了农村。"冬天砸开冰窖取水，耳朵、手、脚到处都是冻疮，夏

天则要忍受蚊叮虫咬"的场景宛如昨日，"创作来自艰苦生活的历练"。那段经历，让她有了相对扎实的生活积累。

铁凝十几岁时开始写作，如今已著述四百多万字。但她戏称自己更像个家庭妇女，平日一大爱好就是做家务，"从前在外面吃到一个菜，一定要研究怎么做，然后回家自己做一遍"。她至今仍记得第一次在四川吃到麻辣水煮牛肉后，照葫芦画瓢做给家人吃时心里的满足感，"这种感觉很好，我真的很喜欢"。

储备未来的诀窍

2010 年 5 月 31 日，中央电视台（CCTV-9）双语主持人、浙江义乌中学校友季小军回到母校义乌中学，为学弟学妹们做《主持与人生》讲座。季小军结合自己的成长历程，认真、缜密地诠释了人生道路上出现美丽风景的因果关系，让大家得到教益和启迪。

对于季小军，可能很多人并不清楚。但是，北京奥运会、上海世博会，大家一定很清楚！

作为季小军的老乡，我很自豪，因为 2008 年北京奥运会、2010 年上海世博会的开幕，就是季小军用英语向全世界宣布的！

季小军出生在浙江省义乌市城西街道东河片的一个小村子里，1987年初中毕业后考进义乌中学，1990 年义乌中学毕业后考进北京语言大学。

二十多年前的义乌，教师们上课讲的话基本上是"义乌普通话"，方言味比较重，与标准普通话差距较大。

上初二那年，季小军买来了《现代汉语词典》，对于平时读不准的字，他就翻词典。谁也没有想到，这本《现代汉语词典》，到他高三毕业时，已经被翻烂了。当他走进北京读大学时，很多人都会问他："你是否真的是义乌人？"起初，对于这个问题他很诧异："我怎么会不是义乌人？"

后来，他才明白别人不把他当作义乌人的原因是他的普通话说得太标准了——怎么也不像是义乌人！

季小军说，当时"咬文嚼字"真没去想以后会当上中央电视台主持人，现在回过头去看看，才发现自己当初的每一份辛劳都是在为将来做储备。为此，季小军告诫同学们："认真做好当下的每一件事情，都是在为将来做储备！"

仔细分析季小军的成才之路，确实验证了他的"储备"理论。在初中阶段，季小军的英语基础并不好，进入高中阶段后，他感到"英语太有用了"，于是就横下一条心，认真去学，认真去钻……

高二时，原本就是文艺积极分子的他，参加了学生会干部的竞选，后担任文艺部部长，于是，学校的文艺晚会、演讲比赛，都有了他的身影……他还成为学校广播室的播音员。

以上这些材料，充分证明，他中学阶段的每一份付出，都为他日后走向中央电视台做了"储备"。

"做一个乐观的努力者！"是季小军送给学弟学妹们的珍贵礼物。

1990年，季小军离开家乡义乌，到北京求学。虽然是家中最小的孩子，父母却从不娇惯他。这是他生平第一次远行，也是最重要的一次远行，父母放心地任他"单飞"。

他至今还记得刚到北京的那天，1990年9月5日，那是秋天的一个中午，北京西直门街头，他提着重重的行李，在炎炎秋日下向路人打听通往北京语言大学的公交车。就在那一天，他蓦然感到了自己的成长。当众多同

龄的孩子还需在父母的陪护下才能到学校报到时,他却选择独自面对乡愁,面对生活的种种挑战。

是伤感,抑或无奈?提起这些,他感慨地说:"从小我的父母就不断地告诉我,爸爸妈妈都是普通百姓,你一定要靠自己,家里不能给你地位或是财富,你只有靠自己的大脑和双手去创造未来。这都不断地促使我自己向前走,我一切都只有靠自己,我不能去靠别人,我只有独立面对生活,面对生活中的一切困难,我别无选择。"

其实,他那时候还没意识到,这是父母赐予他的最大财富。正是这个信念,将他推上了命运主人翁的地位。

季小军说,《红楼梦》是他最爱读的书,他已经读过四遍了,每读一遍,收获都很大。

"我觉得,这本书的故事非常好。你想,那么繁华的一个大家庭,你不知道明天会发生什么,说衰落就衰落了。贾宝玉,他是一个悲剧性人物。原本,他事事顺心,事事如意,突然一天,什么都没了,出家当了和尚!我对此产生最大的感受就是,别人给你的东西,都不足以让你成为一个彻底的只是喜或只是悲的人生,最关键的是靠自己的把握,贾宝玉从来没有为自己努力过什么,他靠的是家人的给予,有一天大厦倒了,他就无处藏身。如果他有自己的努力、挣扎,那么,任凭外面天翻地覆,也不至于遁入空门……"

季小军说:"我是一个乐观的努力者。尽管世界不够完美,但我们不要抱怨,因为任何抱怨除了增加自己的无尽烦恼之外,不会有任何好的作用。因此,我们只能选择——努力,把当下的事做得更好,才能迎来美好的前景!"

"对接" 大师

2011年2月22日，中央电视台《百家讲坛》播出北京中医药大学诊断学博士罗大伦（原名罗大中）主讲的义乌先贤、"金元四大医家"之一的朱丹溪求学故事，实在让人无法忘怀。

那年，四十多岁的朱丹溪（原名：震亨）从家乡浙江省义乌县出发，历经吴中（大概是现在的苏州）、宛陵（今宣城）、南徐（今镇江）、建业（今南京）等当时的重镇，走遍了江南的山山水水，遍访名师，最终决定去求教当世的顶级高手——罗知悌。于是他立刻启程，前往罗知悌所在的杭州。

罗知悌，字子敬，世称太无先生。他是江南高僧荆山浮屠的学生，而荆山浮屠是史称金元四大家之一的刘完素的学生。

罗知悌虽然是刘完素的学生，但他也旁通金元四大家中的另外两位张从正、李东垣的学说，应该是当时的集大成者。

但是，想跟大师学习是那么容易的事情吗？

好比说，您今天背着行李找到中科院天文所的某位院士，跟他说：大师，俺从东北来，想跟您学习天文，您就收了俺吧。

您自个儿想结局吧。

怎么样，想到结局了吧，对，其实朱震亨的结局也跟您一样。

朱震亨来到了罗知悌的宅门前，请门人向里通报。

女儿的答案

罗知悌是什么人啊，地位高，而且最要命的是，这位大师的性情特别的高傲、偏执。

门人向里面通报，有个朱震亨想来学医。

回答很干脆，两个字：不见。

朱震亨只好退下。

的确很狼狈，怎么办？震亨，我看还是撤退吧。

朱震亨的目光坚定地望着这座大宅门：我心中只想追求医术的至高境界，决不在乎其他！明天再来。

我的天，明天还来丢人啊！此时，朱震亨四十四岁。

第二天，照例通报。回答还是两个字：不见。

如此者通报了十余次（十往返不能通）。

连罗知悌的宅门都没让进。

怎么办？

朱震亨还是选择"坚持"！

可是，再去，就没那么客气了。看大门的都不给他面子了："我说你这个人真是的，别不是脑袋有什么毛病吧，怎么跟癞皮狗似的粘这儿了？告诉你，快点儿给我滚！我们家先生没空儿！"

朱震亨："对不起啊，麻烦您了，再给通报一次吧。"

看门人："去！快滚开！"

史书记载："蒙叱骂者五七次"。

面对侮辱，朱震亨又会怎么办呢？

朱震亨仍然每天以拜谒的姿势拱立在罗知悌大门口。

下雨了，快跑啊！满街的人瞬间跑得一干二净。

对了，我们的朱震亨呢？

大家快看大门口啊！那个人还在那儿呢！

雨水打得地面都冒起了白烟儿，雨色一片迷蒙。朱震亨的身影在大雨中显得孤独而又坚定，仍然拱立于大门前，纹丝不动。

史书记载："日拱立于其门,大风雨不易。"

如是者三个月。

三个月啊!

我写下"三个月"只是动一下键盘而已,但那却是一分钟一分钟积累而成的三个月啊!

三个月的最后一天到了。

罗知悌命令下人:我要沐浴,然后给我换整洁的衣服。

下人不解:您这是要干吗去啊?

罗知悌说:值得传授我的学问的人来了。打开大门!

下人问:您,只是听说朱震亨来求学,并没有见过他,怎么知道他就是学医的料呢?

罗知悌说:任何事,要想做好都不容易! 没有百折不挠的精神、顽强拼搏的意志,是不能成功的。朱震亨能默默坚持求师三个月而不气馁,说明他毅力过人,绝非平凡之人!

大门次第打开。

大师罗知悌亲自走出宅门,迎接朱震亨!

讲到这里,罗大伦博士大发感慨:"我们没有成为大师,请先问问自己以这种态度向前辈大师请教过吗!!! 我们天天翻朱震亨的医术,想学习他的医术,学到了吗? 没有学到,是因为首先没有学到他做人的态度! 以最虔诚的态度追求学问者,朱震亨堪称千古楷模!"

无数历史经验证明:发最大的心,学问和事业才能达到至高的境界。

大家已经看出来了吧,这位罗知悌也绝对不是等闲之辈。

这点从他选择徒弟的方式上就可以看得出来。

他这种不理不睬、拒之门外的态度,筛掉了大量意志不坚定的人。

而这些意志不坚定,遇到困难就走掉的人,是无论如何都成不了真正优秀的医生的,是无论如何不会懂得真正的医道的。

朱震亨付出了代价,经受住了考验,而上天回报给他的,也的确是精

彩纷呈的一片天地。朱震亨不但把罗知悌的全部学问都继承下来，还"青出于蓝胜于蓝"，医学成就超过了老师罗知悌，终于成为我国金元四大名医之一。

"黏住"老师

浙江省义乌中学 2009 年应届毕业生黄得列，小学只读过一年，初中也只读过一年，当年高考却以 666 分（文科，义乌中学张帆以 687 分获金华市文科状元）的成绩被上海交大录取。

据义乌中学任课教师介绍，黄得列最大的特点是"好问"、"勤学"。

数学老师王振华说，下课十分钟总要被黄得列"黏住"，问题是一个接着一个，根本走不了。政治老师杨胜大说，黄得列很懂事，求知欲很强，真的是"如饥似渴地读书"，他的早餐总是"边吃馒头边看书"，中餐向来不排队，因为他比别人迟去食堂吃饭；过年放寒假时，别人急着回家，而他却去找教师借书看；高考后，别人去找同学玩了，而他却天天背英语单词……

黄得列的人生道路并不平坦。五岁时，寄居在父母的朋友家，上了两年半学前班。七岁时，到永康市与祖父母同住，开始读一年级。

祖父母是农民，成天在田里山里辛劳，早出晚归，没有时间照顾他。

"我总是饥一顿、饱一顿，经常以方便面充饥，所以面黄肌瘦，常常感冒。当时我又黑又脏，顽皮又捣蛋，一年下来，书没读多少，坏习惯却学了不少。"

父母生怕黄得列成为"野人"，就决定把他带在身边教育。开始时，母亲借来课本，教了三个月的小学课程。后来，有人对他父母说孩子应自主学习，自由发展。这样，他就开始自己读书了，不认识的字就查字典，标上音，大声朗读。识字多了以后，好奇心促使他读了很多书，下面是他的读书笔记摘录——

"在童话王国，我遇到楚楚可怜的卖火柴的小女孩，精神抖擞的丑小鸭，勤劳朴实的灰姑娘，顽强守信的天鹅公主……张开想象的翅膀，品味着那种善良、纯洁和高尚的美德。"

"在小说天地，我融入了贾宝玉与林黛玉的爱情悲剧，尼摩船长海底远航的奇异，希思克利夫在呼啸山庄的无尽怨恨，牛虻痛苦一生的愤懑，圣地亚哥与鲨鱼搏斗的坚韧毅力……化为我的血和肉，伴着情节高涨起伏。"

"在诗歌之洋，我心聆泰戈尔《吉檀迦利》的韵律美，冰心《繁星·春水》的母爱与童真，普希金的自由之火，但丁《神曲》的大胆剖析……泛舟知识的海洋，原来美丽无止境。"

"我父母都喜欢读书，也爱收藏图书，书也就渐渐成为我生命的一部分，家中各类书籍为我提供了打开文学宝库的钥匙。"

除了读书让黄得列受益之外，旅行生活，更是大长了他的见识。黄得列父母都是有知识的人，父亲高中毕业后当过兵，退伍后又上学，能言善辩，能写会画，多才多艺；母亲也受过高等教育，贤惠善良，教子有方，见多识广。

为了生计，父母多年奔波于祖国各地，总把儿子带在身边，让他看世界看历史。黄得列跟随父母游历四方，感觉增加了许多见识。黄得列如今仍陶醉在游历的快慰中——

"当我迈上中山陵那高高的石梯，当我走近那比山更高的灵魂时，我震惊了。绿树荫中隐着那雄壮自强的孙中山石像，他的口半开着，仿佛在那山之巅高喊'民族，民权，民生'。当我踏进南京总统府的门槛，当我看到洪秀全的皇宫、孙中山的小办公楼，我亲近了两段斗争的历史，太平天国与辛亥革命都以失败告终，但他们都曾奋斗过，为理想，为人民，为真理。伟大的灵

魂给予我精神的食粮。"

周庄，秦陵，天池，杜甫草堂……都留下了他的足迹。

"自然界向我展示了她的美丽和伟大，她的魅力深深地吸引了我。旅行生活让我体验到了大自然的灵气、祖国悠久而灿烂的文化。我观察着真实的自然界，见识广了，心灵也随之升华。"

当然，一个人的成长更需要接轨世界，接轨现代信息技术。童年时，黄得列家楼下就是一间电子游戏厅，隔壁就是网吧。在这样的环境中，他曾一度沉迷于游戏世界，无法专心学习，母亲多次规劝后又再犯。最后，母亲就把家搬离这不洁之地，才使黄得列渐渐从游戏中觉醒。然而，黄得列的父母并没有拒绝现代文明产物。当 PC 电脑刚刚出现时，父亲便购买了一台。于是，黄得列开始通过电脑来学习英语，视、听、读同时进行，打下了英语学习的基础。母亲还买来《洪恩环境英语》及《洪恩奇境英语》，每天黄得列就对着两套教材，跟着 VCD 学，听着纯正的美语，读着曲折的故事。

通过这样的学习，黄得列的英语基础得到了巩固。虽然有许多单词拼写不出，语法也很差，但黄得列的听读能力却得到较好的训练。黄得列也通过多媒体学会了图片、影视的编辑。电脑和光盘为他的生活创造了情趣。"它们是我当时最好的老师，我获益良多。"黄得列回忆说。

独特的成长道路，"转轨"却源于好心人的提醒。

十五岁前，黄得列随父母漂泊在各地。2004 年 3 月，有人对黄得列父母说："孩子见识如此广博，应该上学，到学校接受正规系统的教育。"

黄得列才猛然醒悟，就赶快借来小学课本，结果发现——竟然连乘法口诀都背错。

"原来我这么落后啊！"

因为黄得列以前读的书大都诸如《世界史》、《中国通史》、《哲学史》等文史类的书，几乎未接触过数学。

赶快！快！夺回流失的光阴。于是，黄得列下定决心发奋读书，夜以继日，在 6 至 9 月间系统地学完了小学课程，又于 2004 年 10 月至 2005 年 6 月，学完了初一、初二课程，其间付出了别人无法想象的艰辛。

功夫不负有心人，一分辛劳，必定一分收获，黄得列终于通过了考试，可以进入佛堂镇中学读初三。由于他在不到一年的时间里，匆匆学完了两年的课程，可想而知，基础不够扎实。在初三的学习中，他只好不断查漏补缺，不懂就问，最终一步一个脚印，走向成功——全班就他一个人考上了义乌中学。

"从这学习过程中，我懂得了不少，体会良深——原来时间是可以榨出来的，原来差的基础是可以补回去的，原来'我能行'！"

进入义乌中学后，黄得列深知自己的漏洞不少，就更加刻苦读书，一心扑在学习上，不懂就问。黄得列说，老师真好，从来没有嫌烦的，他们总是很耐心地为他解疑释惑。高中三年的奋斗，让黄得列成为老师的得意门生、学校的骄傲。

谁也不会想到，由于童年没有进学校正规读书，黄得列有大量的时间看电影。如今，他还收藏了几百部世界电影名片的碟片。

黄得列告诉我，上大学的专业是"广播影视编导"，争取以后自己拍几部让大家喜爱的影片出来。

宁愿讲两万次

开汽车时，我喜欢收听义乌市本地交通广播电台，以便及时了解城区的交通路况。

收听交通电台,印象深刻的是,主持人经常重复讲述开车道德问题。比如,每到晚上总是提醒大家:"小心驾驶,控制好车速,注意行人。两车交会,请关掉远光灯！"

听得多了,我心里嘀咕:你又看不见开车人,说了有没有用啊？有一次,我拨通了主持人的电话,跟他交流"讲车德有没有用"这个问题。

主持人爽朗地回答:"我也不知道有没有用！但是,万一有人能听进去,那就有用。据调查,我台有两万多名忠实听众。在两万多名司机收听我台的时候,如果我每讲一次,有一人听进去的话,那么我就没有白讲。只要我讲上两万次,我们这个城市就有两万人开文明车……我宁愿自己累点,也要坚持试试。"

只要有万分之一的希望,就用万倍的努力去争取！从那时后,我每每做事遇到困难,就会想起交通电台主持人说的"宁愿讲两万次"这句话。

展翅义乌的大学生

2008 年 12 月 5 日晚上,义乌工商学院举办 2008 年创业讲坛第三期"创业梦想——淘宝与你携手"讲座,主讲者是大二、大三学生,他们都是"创业班"的优秀分子。我应邀参加会议。

只见主讲者,说话技巧不尽如人意,没有抑扬顿挫的节奏,没有生动的肢体语言,有许多时候还断断续续,但是确实打动了在场的每一位听众,场下几乎没有杂音。他们说些什么呢？

主讲者主要讲自己的亲身经历，创业故事。不了解情况，你无法相信——现在他们有的月收入超过三万元，许多学生能够养活自己。他们靠什么赚钱呢？主要是开了网上商店，到义乌小商品市场上进货，利用网上商店销往全国各地，从中赚取利润。

第一位主讲者周振辉是大二学生，就读于义乌工商学院2007物流一班，他是浙江省遂昌人。

从大一进校，周振辉就开始在义乌市场上做销售。

周振辉说起自己做到第一笔"生意"的故事。由于看起来年纪太小，"乳臭未干"，几乎没有人信任他。去推销产品时，许多人不愿意和他说话，或者回敬他"别来烦"、"走开"之类的话语。

后来，他想到中国义乌小商品博览会上可能会商机无限，就到义博会上去碰碰运气。

他虽然有挣钱的勇气，却赤手空拳，既没有产品，又没有专利，如何去赚钱呢？他想来想去，决定给那些大老板去分发广告。

周振辉去找那些大老板时，也同样遭到冷面孔。经过多次努力，终于遇到了一个愿意和他说话的老板。

老板问他，你如何来保证做好分发宣传单这项工作呢？

结果让他足足有半分钟呆着无法回答这个问题。老板说，如果我给你这些广告纸，你会不会把它们扔掉或者一人发两份，如何来保证你的诚信呢？

是啊，这个问题他从来没有考虑过。想了很长时间后，他对老板说，我只能口头保证做好这份工作，你如果不信我，可以派人来监督，如果我有失误，你不必付我工钱。

老板沉默了，没有允诺。

周振辉觉得没有希望，就走开了，但他没有忘记把自己的手机号码留给了老板，并对老板说："如果需要，请给我打电话。"

回校后,过了很长时间,那个老板居然真的打电话来了,叫周振辉第二天找十个同学一起去发宣传单。

周振辉很高兴,那天晚上几乎睡不着,他说这是有生以来的第一次"生意",真是终生难忘。

后来,周振辉给广告公司跑名片,同时到各大酒店给同学找工作,拿一定的提成。正是这些简单而又辛苦的业务,真正培养了他的业务能力。

2008年上半学期,周振辉在新闻上看到国家规定超市"限塑",因此进行了环保袋的销售,在职期间共计销售环保袋数量178000只,共计金额28万元,同时拥有山东西王食品有限公司、上海欧姆龙集团有限公司、金华中华商务酒店有限公司等三家公司的长期合同。另外,他还兼职浙江省苍南县兄弟日用品有限公司业务主管。

因为上海欧姆龙集团有限公司需要礼品赠送,加上以前环保袋合作的基础,因此,上海方让周振辉为其找合适的礼品。

周振辉了解到,欧姆龙公司主要针对的消费群体是中老年人,而中老年人正好是竹炭类的最大消费群体。周振辉马上联想到自己的家乡是竹炭之乡遂昌,于是他就抢抓机遇,积极洽谈,造就了年定量350万的销售合同。

这个学期,周振辉最重要的工作是进行学院淘宝供货平台的搭建。现在,一切已经准备齐全,并正式开始运作。这个平台,由周振辉与其他五位同学共同投资运作。之所以如此注重该平台的搭建与运作,是因为周振辉觉得找到了一条能解决和带动中国贫困地区发展的捷径——淘宝能赚钱。

周振辉说,其实技术和思想意识虽是一个问题,但最重要的是货源问题。义乌是世界小商品海洋,这么好的货源,只要利用好就可以赚钱。在未来的五年里,平台的运作模式将迁往浙江省丽水市,在丽水职业技术学院进行试点,若能试验成功,平台将逐渐往国内各个贫困地区拓展,最终目标是在全国各地搭建类似平台,周振辉会在该地区做仓储,同时带去相应技术与各方面所需的条件,真正将淘宝发展到全国各地,推动中国的电子商务贸易,为更多下岗工人以及社会闲散人员提供最好的工作机会。

“阿里巴巴是富人的舞台，希望淘宝才是穷人的天堂。”周振辉满怀信心，他坚信在未来不长的一段时间内，自主创业，将在中国大地火热铺开。

　　周振辉在讲台上郑重地告诉同学们：“大一时，我靠自己的劳动养活了自己！大二时，我不但养活了自己，还养活了家人！接下去的目标是，我要养活义乌工商学院的所有贫困同学。”

　　第二位主讲者叫杨甫刚。

　　杨甫刚是义乌工商学院大三学生，是学校的骄傲——当时，他开的网上商店月营业额达十万元，利润近三万元。

　　从大二开始，杨甫刚在淘宝网设立“嘟嘟靓妆小铺”。目前他的网店经销着广州、武汉、义乌等近两百种化妆品，网店的信誉度也由原来的“一颗钻”一连七级跳，做到“两顶皇冠”（最高为四顶）。

　　杨甫刚开网店，自己一个人已经根本无法运作了。他在社会上招聘了一个“客服”，一个“打包”，而他自己成为“万金油”——全方位的协作。总体上，三个人员只能勉强维持店铺的繁忙工作，准备再招聘销售人员和打包人员。

　　我们很难相信，杨甫刚坐在讲台上做报告，当时已经是晚上八点了，可是他连晚饭也没来得及吃，正饿着呢！他每天几乎没有空闲时间，总是忙着打包、托运，常常不能按时吃饭。

　　谁会想到，杨甫刚参加完创业论坛后，就回去给已订出去的化妆品打包，又忙到凌晨三点。

　　杨甫刚的创业经历很生动。

　　首先，他到市场上批发生活用品。找最低价商品，往往要经过很多次比较才能找到，跑得很辛苦。

　　起初，杨甫刚每次骑自行车去义乌国际商贸城，舍不得坐公交车，舍不得买矿泉水。因为，他一天的生意可能只赚五角钱，而坐公交车要一元五角，矿泉水要一元多。

　　就这样孜孜不倦，积少成多，慢慢积累了一些资金。

后来，杨甫刚生意做大了，每次进货自行车驮不动了，就借人家的三轮车来载货。由于，他个子小力气也小，人长得太清瘦，有时上坡时，要使出吃奶的劲来才能推上去。

有几次，刚好有同校的同学在场，那些同学以为他是打工仔，在边上对着他喊："加油！加油！"

杨甫刚的办公室、卧室兼仓库就在离学院不远的宗塘社区一幢居民楼的三楼。在两室一厅的出租房内，化妆品、包装盒、胶带和快递单堆了一地，就连床底下也被充分利用了。

开网店后，杨甫刚就搬出学院租住。他说，在外租住了一段时间后，他回寝室拿东西，听到怪兽的叫声和同学们的敲键声。原来同学们正在玩《魔兽》、《诛仙》等网游。他就对同学们说："不要把时间浪费在网游上了，跟我学开网店吧。你们先把我卖的东西的样式挂到网店上，如三天卖不出去，找我！"

他是大三学生，今年已经二十四岁了，因为留过两次级，比别人年龄都要大。现在，他躺在床上老是在思考，许多人在大学里谈恋爱，玩游戏，拿父母的钱混日子，他们为什么会觉得心安理得呢？大学生正是血气方刚之年，怎么就虚度年华呢？到底是哪里出了问题？

杨甫刚在讲台上说了一句话，让我很佩服！

"我现在确实在赚钱，但我的目标不是为了钱！今后，我的目标绝不仅是开好网上店铺，去赚更多的钱，而是去做其他对社会更有意义的事情。"

终身难忘三片段

2008 年 3 月 16 日，星期日，义乌市大成中学举办了"成长心连心"爱心互动公益活动。整个活动始终围绕一个"爱"字，从上午八点开始，到下午五点半结束，几十个节目设计巧妙，寓教于乐，高潮迭起。我有幸感受了一回。

活动中，那些名字叫作"义工"的人最让人钦佩，他们个个都是老板，出钱出力，募集了两万多元，不但负担了整个活动所需的服装费、道具费，就连中餐也是他们买的。主持人是从大连自费坐飞机来的，不收出场费，整整一天，一刻都没停过。

难忘的第一个片段：十六块拼图板。

义工们先把十六块拼图板完全拆开、搞乱，然后重新分成十六份，把家长和学生分成十六组，每组约二十人，各围成一个圆圈。游戏规则是，大家一起去找自己所需的拼板，谁先拼出一个完整的图案谁就得胜。

五分钟后，冠军产生了。八分钟后，亚军也产生了。主持人请得胜者上台说获胜的原因。冠军组的同学说，他们首先确定目标，把某一块确定为拼图的"中心板"，然后大家分头去找所需的拼板，获胜的原因是"正确的目标"和"主动出击"。

主持人问大家，要使十六个团队一起都用最短的时间拼出图案，可能

吗？经过启发，学生们明白了，只要大家团结起来，十六个团队合成一个家，先把拼图分类捡出，然后再来拼图，就会成功。方案确定后，马上动手。果然，五分钟后十六个图案都完整地拼出来了。

游戏结束，学生总结这个游戏的启示。大家都明白了：要想成功就要心胸开阔，不能只关注自己的利益，要善于跟别人合作，特别是与竞争对手合作，以谋求共赢。

有一位家长说，游戏刚开始时，他的孩子把自己用不到的板块藏起来了，因为他担心别人会抢先成功。游戏结束后，孩子就检讨了自己的行为，说自己没有爱竞争对手的心，要是自己处处"损人不利己"，别人肯定会讨厌自己的。

难忘的第二个片段：十米"漫漫人生路"。

义工们设计了一条十米"漫漫人生路"。这条路由宽度不到五十厘米的单人课桌、宽度不到三十厘米的小凳子组成，错落有致，坎坎坷坷。游戏规则是，家长被蒙住眼睛，孩子牵着父母的手，但不准说话，只能用手势引导，带领父母走过"漫漫人生路"。由于桌子、凳子都比较单薄，人在上面活动时，会晃动，有恐怖感，让人紧张。

游戏结束后，主持人请学生和家长一起上台说感受。一名女生说，这个游戏是她这辈子遇到的最恐怖的事，以前从来没有这么怕过，因为她担心被蒙住眼睛的妈妈会摔伤。当终于走完全程时，没想到妈妈竟然说了一句："谢谢！"这名女生说，妈妈抚养了我十七年，我从来没有说过"谢谢"，今天我要对妈妈说："妈妈，谢谢您！妈妈，我爱您！"

一名男同学说，当他看到被蒙住双眼的爸爸被他牵引着爬上桌子时，他想到的是"责任"！他说，爸爸总有一天会变老，我要用我的力量保证爸爸安全、快乐地走完人生。

主持人说："你们今年都十七岁了，爸爸妈妈把你们抚养成人，陪着你们走过的路，比这条路不知凶险多少倍，不知长几万倍，你们可知道？今天，趁这个机会，请孩子们跟爸爸妈妈说一句感恩的话，并好好地拥抱拥抱爸爸妈妈。"

很多人都流泪了。有的是家长，有的是孩子。

难忘的第三个片段：三根蓝丝带。

主持人讲了一个故事：有一名职员在一家很不景气的公司上班，准备过了圣诞节就辞职。平安夜，公司老板邀请他去自己家里。在老板家，老板全家人对这名职员深深地鞠了一躬，老板说，感谢您三十年来把公司当作自己的家，要是没有您的辛勤付出，这个公司不能支撑到现在。如今，公司没有能力厚待您，我只能以嘉许、感恩、欣赏的心，用三根蓝丝带祝福您：身体健康，天天快乐，一生平安！然后，老板很慎重地把三根蓝丝带扎到职员的手臂上。这名职员很受感动，于是放弃了辞职的想法。

他高兴地回到家，看到闷闷不乐的儿子，忽然感到欠儿子太多，就对儿子说："亲爱的儿子，爸爸喜欢你，以前没有心思跟你说话，真对不起！今天是平安夜，就用三根蓝丝带祝福你吧，祝你身体健康、天天快乐，一生平安！"儿子哭了。儿子告诉爸爸："爸爸，你知道吗？你从来不表扬我，也不跟我说话，我以为你不需要我了，在家里一点快乐也没有，正准备离家出走呢！"

主持人说，请孩子们认真地看看父母的脸，认真地数一数父母脸上的皱纹和白发。你们知道吗，为了这个家，爸爸妈妈辛勤地劳动，为了你的成长，爸爸妈妈操碎了心，世界上还有哪一种爱可以与这种不求回报的父母之爱相比？孩子，请你用感恩的心，嘉许的心，欣赏的心，给爸爸妈妈系上三根蓝丝带，向爸爸妈妈说一句问候的话，祝他们身体健康，天天快乐，一生平安！

很多孩子都含着热泪给爸爸妈妈系上三根蓝丝带。而后，孩子又给所有的老师系上三根蓝丝带。

此时此刻，一首动听的歌《好大一棵树》回荡在每个人的耳边："……好大一棵树／任你狂风呼／绿叶中留下多少故事／有乐也有苦……"

主持人说："我们的孩子，自从来到这个世界，给我们带来了多大的快乐，给我们带来了多少喜悦！因为有了他们，我们的家才有希望，我们的国家才更有希望。请家长用嘉许的心，欣赏的心，祝福的心，为孩子系上三根蓝丝带,拥抱一下可爱的孩子,祝福孩子身体健康,一生平安,天天快乐!"

所有的孩子的手臂上都被扎上了三根蓝丝带。

一位已经当了四年义工的老板说:"每当看到孩子学会了感恩,看到家长学会了嘉许,学会了祝福,自己的劳动给他们带来了感动和快乐,我就很快乐。这份快乐比赚钱更舒服更幸福。"

七月流什么"火"

炎炎夏日,常有人用"七月流火"来形容酷暑难当。殊不知,这种望文生义之举,常使一篇美文顿降档次,实在令人扼腕。

"七月流火"一词,出处是我国第一部诗歌总集《诗经》中的《豳风·七月》。查《辞海》可知,此处的"火"是星名,即心宿。此星每年夏历(农历)五月间黄昏时在中天,六月以后,就渐渐偏西,地面的暑热开始减退。至七月,此星方位角较低,是天气"将寒"的标志。因此,"七月流火"的本意并非"炎热",而是"凉爽"。文中的"流",应是"往下移动"之意。"七月",应是农历七月(公历的八九月间),绝非当前使用的公历7月(按有关规定,农历的月份数应使用中文数字,公历的月份数应使用阿拉伯数字)。

出现这种农历、公历相混淆的现象并非仅此"七月流火"。"元旦",原指农历"正月初一"。今公历"1月1日"也叫"元旦"。但从天文学的角度来看,"立春"是一年的开始,公历"2月4日(前后)"是立春日,与"1

月1日"相距一个多月;农历的"正月初一",必在"立春"前后,相差不过几天,其准确度当是"国货"(农历)比洋货(公历)为高。宋朝王安石有《元日》诗,云:"爆竹声中一岁除,春风送暖入屠苏。千门万户曈曈日,总把新桃换旧符。"文中的"元日",今人也有将其误解为公历"1月1日"的。

其实,公历在我国推行,仅仅是新中国成立以后的事,距今不过一个"甲子",我们的先贤们不可能超前使用公历。在此,笔者敬请同志们,在引经据典:"一元复始,万象更新","二月春风似剪刀","三月桃花红十里;四月蔷薇靠短墙;五月石榴红似火;六月荷花满池塘……","八月中秋","九月重阳"……时多留点神,千万别随意惹老祖宗们生气!

童年的鱼趣

钓鱼还要学吗?

说真的,我七岁就背起鱼竿操起这行当了。

说是渔竿,其实就是一根米把长的竹竿子,是从自家菜园——用来挡鸡鸭的篱笆中——拔出来的。然后,把家里的鸡毛偷出来卖给摇拨浪鼓的老头,并从他那里买回渔线和渔钩。

那鱼钩很小,一分钱有两只可买。我们那时管它叫"小花钩"。

那鱼线很细,最多只有头发丝般粗。剪五六截饭粒般长短的鸭翅毛梗做浮标,用最小号针将鱼线穿过。然后,剪下一点牙膏壳皮作为重粒,固定

在鱼钩近处,以便让鱼饵顺利下沉。

这样的鱼具尽管粗陋至极,但却常常钓起我童年的惊喜。

那时的鱼塘里有成群结队的、五分硬币大小的小鱼,我们管它叫"排瘪"。这种鱼,身披彩色花纹,贪食是它最大的特点。只要在塘边尺把深的地方撒一把麦皮糠,片刻便能见到"排瘪"群集而至,纷纷抢食。此时,只要你放下鱼钩,不须诱饵,这些贪吃的小鱼就会抢夺食物一般地追逐鱼钩。于是,你只要候好时机,把鱼钩快速抖起,就常常能把鱼钓上来。

有趣的是,那些鱼往往不是被钩住嘴,有时竟是因钩住了屁股眼而成为"俘虏"的。这种鱼,如果将它的尾巴用指甲截去一段后重新放回去,往往又能将它钓回来。真乃贪吃误命到了极点。

可惜,如今家乡鱼塘里,已见不到这种给我童年染上彩色的小鱼了。

记得十三岁那年,我花了一角五分钱,从集市上买回一根大人用的鱼竿。初战告捷,不到五分钟便钓上一尾半斤多重的鲤鱼。钓上这样大的鱼,当时是连做梦都不敢想的。直到今天,那颗狂跳的心似乎还没有平静下来。想不到,后来竟又是连连得手。不到一小时,装鱼的篓就快满了,全都是一些半斤来重的鲤鱼。当然最大的那尾,一定不止一斤重。

我急急忙忙将鱼篓送回家,想回头再去钓。谁知,刚一进门便被母亲喝住,令我将鱼全部倒回塘中。

母亲道:"怪不得村里许多人都回家拿鱼竿,原来是你在钓!"那时,我的父亲是大队(如今用"村"替代"大队"称号)党支部书记,据说是他在大会上宣布不准到鱼塘钓鱼的。

我拖着沉重的脚步,酸溜溜地将鱼放回鱼塘……霎时,奇迹出现——排成长蛇阵的鱼儿们很快便四散了。

一晃三十多年过去了,童年的鱼趣还能再钓回来吗?

牢记"天道酬勤"、"水到渠成"

　　我是一个先天不足的人。

　　我生长在浙江省义乌市一个贫穷的小村里。从我懂事起，我就知道自己的手和脚每年都要生冻疮。虽无大病，却时常伤风、咳嗽、发烧，时常要上医院花钱。医生说我错把医院当外婆家认了。二十世纪六七十年代，农村生活普遍困苦，我家也不例外。那时，家庭经济主要来源是养猪。可叹的是，母亲辛辛苦苦喂大的猪，有一半的钱是被我买药花掉的。记得小时候，我与同龄人从不敢打架，因为只有输的份。从小学到高中，体育项目班内测试，只有一次跳远不是倒数前三名。青春年华，别家的男孩纷纷成为父亲的"担柱"时，我的父母却从不敢叫我挑一担水，搬一袋谷。学校放农忙假时（如今，这农忙假早已被取消了），同龄人一般都跟随父母去干农活"挣工分"，而我总是被困在烧饭、切猪草、纺麻线等活儿上。记得高中快毕业时，有一天晚饭后，父亲笑问我："你，吃——吃不过人家，干——干不过人家，打——打不过人家，骂——骂不过人家，要是大学考不上，咋好？"小时候，唯一让母亲欣慰的是，我的衣裤、鞋子不易脏。对此，长辈们常说我"像书生"、"书生气十足"。那时，我并不知他们到底是褒我还是贬我。

　　由于我总是让父母"不放心"，1976 年初中毕业后，我便进了一所公社（如今称乡）办的离家仅二三里远的高中班读书。那时，适逢"大办高

中"，贫下中农子弟皆可免试读书的时候。论"硬件"，当时我是完全可以进入县属普通中学念高中的，因为我父亲是大队（如今称行政村）党支部书记，由于县属高中离家有七八里远，要住校，父亲便没有截下分到我村的县属高中生指标。这大约是当农民的父母"目光短浅"的有力证据了。

我就读的乡办高中，至今为止，就办过那么一个高中班。全班有七十名同学，教室特大，班主任熬不过一学期就另换一个，原因是我们这些人太吵，不好管。那时，任课教师只有一名是学历合格的，大多教师只有高中学历。任教物理的那个教师只是一名初中生，没过半个学期，他就不来教了，说是他自己都不懂的东西怎能去"误人子弟"。他辞职后，学校为我们找来了一个代课女教师。这名女教师刚从田地里走出来，就忙于自身复习考大学"跳农门"。

我读高中时，吃住都在家里，就连每天的中午餐也都跑回家里吃，记得那时经常闹肚子痛，听人说，那都是因为吃饱了饭就赶路回校的缘故。每天放学回家，母亲总有任务布置我做，如割猪草、收麦秆、收稻秆、纺麻线、烧晚饭等。我心里明白，母亲叫我干活，并不是不想我考上大学，而是担心，若全心全意读书而没能考上大学，一是会被人笑话，二是令自己失望太大。在母亲看来，考大学是到马路上捡皮夹、懒汉掘宝藏一类的事，能碰上最好，碰不上也无所谓，最关键的是千万别让村里人当笑料："讨饭养画眉——不自量力！"在这方面，我村是有前例的。我的堂兄（伯伯的大儿子）1977年毕业于县属普通高中，当年放农忙假期间，伯伯没有叫他去生产队"挣工分"，而是叫他坐在家里看书做作业。这年，他没有考上大学，结果被村人一直当作笑料，见面别人都叫他"大学生"，叫伯伯为"大学生爷"。村里另一名县属重点中学毕业的往届生，1977年他躲在家里认认真真地复习了三个月而未考上大学，结果村人见面都唤他"文曲星"！

幸运的是，我这个"丑小鸭"1978年应届毕业参加高考竟一举成功。我的名字一时间传遍全公社各村，因为我班七十名同学参加高考就我一人脱颖而出！在我自己的村里，我更是成了一个传奇式的人物，因为这一年重点中学毕业的"文曲星"、普通中学毕业的"大学生"皆高考落榜。在他俩的衬托下，我几乎成了奇人。

可惜的是，这份来之不易的成就感与自豪感没有维持多久，便被一张师范大学的录取通知书掩盖了。因为，我的第一志愿是医科大学，师范是第五志愿，也是最末的一个志愿，当时是为了"不空着"而"凑数"填上去的。

据说，当时报考师范的人很少，只要填过"师范"的人，不管是第几志愿，一概"优先"录取。从那时起，我对"师范"就缺少好感，似乎上了"贼船"，当然也就"身在曹营心在汉"，快活不起来了。

1982年，我领到了每月四十七元（专科）的工资。有一天，小学未毕业过的伯伯问我，每月工资有多少？我如实相告。伯伯听后，叹道："伯伯在工厂里工资还算高的，每月四十二元，工龄也快二十年了，想不到工资还不如你！看来，读书真是好。"然而，伯伯这份失落感不多久便移植到我的身上了。原因是，二十世纪八十年代初期，全国工业经济快速复苏，"唯生产力论"很快占据工厂企业，伯伯的工厂奖金越发越多。没过几年，伯伯的奖金竟大大超过工资了，而且越超越多……有一天，伯伯笑着对我说："读书读书，书读多了也就'输'了！"

我清楚地记得，那时教师搞全县教研活动而坐在一起时，讨论最多的问题并不是关于学生、关于学校、关于教学改革方面，而是关于某某厂某某月又爆出了奖金大户……须知，当时做教师的除了基本工资外，几乎没额外收入。

二十至三十岁，留给我的记忆是教师地位越降越低，自己的自信心越丢越失，悲愁越积越大。其原因，不仅仅是因为我找对象一再受挫，而且我终于发现自己的后脑勺上白发越来越多。每次偷偷用两面镜子照看后脑勺上的白发时，一股难言的忧愁就会弥漫全身——老婆未找到，事业无建树，时光匆匆，这辈子难道就这样混过去了？

那时，我最怕的是碰到亲戚、长辈、好友，因为他们一旦见到我，总要敲打我的"短腿"：对象搞定了没有？

二十至三十岁——十年迷茫，十年悲伤，十年求索。情场上的屡屡失意，

终于培养了我夜深人静与书做伴、节假日泡书店的习惯。我终于发现，畅游书海比涉足爱河安全、轻松、愉快，与"高尚的人谈天"（看书），从来不需要要手段，要阴谋，搞对策……正是这难熬的十年，让我学会了观察生活，观察人性，观察自己！也正是通过这十年的磨炼，使我明白，悲观、怨天尤人于人于己于世无益，人生的意义不在于能否轰轰烈烈，而在于能否踏踏实实地过好每一天。

至今，我已经坚持业余文学创作二十多年，文学作品散见于《文艺报》、《北京文学》、《百花园》、《杂文报》、《微型小说选刊》、《小小说选刊》、《特别关注》等全国数百家报纸杂志。出版《白开水》、《小小说欣赏》、《放松作品》、《梦幻时代》、《在马路上奔跑的鸡蛋》、《逃离地球》、《证词》等多部小小说（微型小说）作品集。《鱼与佛》、《天网》、《恩师》、《十年流水账》、《老许的遗嘱》、《爷爷的遗憾》等作品分别获全国微型小说（小小说）年度评比大奖。连续四年在《义乌日报》开辟《小小说欣赏》专栏，此专栏获 2000 年全国报纸副刊作品年赛二等奖。多篇小说进入河北、山东、安徽、沈阳、广东、河南、江苏、湖北等地中学语文试卷之现代文阅读题。多篇作品入选《中国新文学大系（1976—2000）——微型小说卷》、《新中国六十年文学大系》、《中国当代小小说大系》、《世界华文微型小说精选》（中英文对照版）等上百种权威选本。小说《残疾人》入选土耳其安卡拉大学教材《汉语阅读教程》下册第七课。2009 年，被《小小说选刊》、《百花园》、郑州小小说学会、小小说作家网授予"新世纪小小说风云人物榜——新 36 星座"称号。2009 年 5 月，获"中国小小说 50 强"称号，其作品集《在马路上奔跑的鸡蛋》入选青少年素质读本，由江西高校出版社出版，被中国现代文学馆收藏，获 2009 年冰心儿童图书奖。2010 年 9 月，作品集《逃离地球》入选"中国小小说名家档案"系列丛书，由光明日报出版社出版。2012 年2 月，作品集《证词》入选"百年百部微型小说经典"系列丛书，由四川文艺出版社出版。2006 年，加入中国作家协会，其个人传略被收入《中国作家协会会员大辞典》等辞书。

我的微型小说已经形成了自己独特的艺术风格，以科幻、幽默、风趣、机智、想象力丰富，思想性深刻，可读性强，在中国微型小说界占有一席之地。从思想内容上归纳，可以分为两大类：一类是科幻小说，一类是反映现实生活的小说。后一类作品以描写官场和校园生活居多。

关于我的科幻小说的艺术特色，湛江师范大学教授刘海涛在《进出于现代与传统的"两栖人物"》一文中专门对我做了评价："黄克庭通过科幻式的想象，最大限度地对人性劣根性和丑恶的欲望做了夸张的、变形的描写。这种夸张的、变形的描写让我们看到了在正常的生活里看不到的罪恶真相和见不得阳光的本质。他可以说是对人类的劣根性做了科幻式的极致演绎，这种科幻式演绎给予我们读者一种惊醒，一种震撼——高度科技发达的明天将是人类罪恶蔓延的天下，高科技与人类精神不能兼容。"

中国作协会员、小小说作家网特约评论家陈勇在 2009 年 12 月采访我："黄克庭先生，您的科幻小说想象力丰富，不仅给人艺术享受，而且让人从中学到不少科技知识。物理学专业毕业，使您具备了从事科幻小说的条件，这是你的优势所在。那么，是什么原因促使您写作科幻小说？您的科幻小说素材，是来自于现实生活？还是书本知识？抑或其他方面？"

对于以上问题，我的回答是："我的经历打造了我的作品风格！"

我在大学里学习的专业是物理，毕业后在义乌农村高中教了十五年物理。由于有这段与传统文学似乎没有关联的过程，让我拥有了一般文科生所没有的财富。我热爱科学，我热爱物理，我热爱学生！我在教书的时候，是很投入的。曾经获得"义乌市优秀班主任"称号，物理教学论文在省级专业报刊多处发表、获奖。让我很欣慰的是，我教出来的学生参加高考，物理科目有得满分 100 分的。担任高中生班主任多年，经常有学生问我："到底学文科容易，还是学理科容易？"起初，我不能很好回答，因为，我不知面前的学生其素质到底偏哪边，文科和理科，理论上确实有很大差别。但是，后来我改变了回答学生问题的思路。我问学生："你选科的目的是什么？如果是为了省力气，那么你不论选什么，都是不可能学好的！如果你都认真学

女儿的答案

习,那么你不论选什么,都是可以学好的!"我至今仍坚信,对于普通人而言,素质都差不多,只要持之以恒,只要刻苦努力,一定能出成绩。当然,天才、智障者除外。

时至今天,手机、电脑、汽车、飞机……都已经与普通百姓紧密接触,科学的魅力正不断深入人心。作为高中物理教师,我不能不思考未来科技的走向会如何?不能不思考未来科技的发展会给人类带来什么?不能不思考未来科技的力量会把人类改变成什么样?这些未来的问题想多了,觉得很有意思,就熬不住要动笔写了。未来的问题,当作论文写,需要严密论证,需要收集足够现实证据,很难!未来的问题,当作小说写,则不受许多条条框框限制,可以天马行空,可以自由飞翔,很快乐!我觉得,学会写小说就拥有了一个属于自己的心灵世界!在这个世界里,我就是上帝!我的科幻小说素材,基本上来自于自己对未来世界、未来生活的思考。从中,我收获了许多精神财富,收获了许多师长文友,收获了许多欣喜快乐。

很多人都问过我"灵感怎么来"?

灵感,这个东西很神秘!她是需要"触发的"!

"触发灵感"的东西不是具体的吧?有时,在走路的时候会出现,有时与文友聊天的时候会出现,有时看别人吵架的时候会出现,有时忽然闻到什么特殊气味的时候也会出现。现在,被公认的是——灵感钟情于认真、勤奋的人。

也常有人问我的写作动机与目的何在?

我要承认,我写作的动机与目的并不高尚。起先是为了改变自己的生存状态。我原先在乡下农村教书,看到越来越多的"有钱人"、"有背景人"调到城里去,就很羡慕!可是,自己是农民的孩子,缺钱缺背景,更缺乏与人沟通的能力,因此,就选择写作这条路,企图通过自己的笔耕,进城工作。老天慈爱,果然,自己的愿望实现。真正进入小说世界后,发现"里面的世界更精彩"。当我收获了很多快乐后,我觉得应该与别人分享,这就是我经常给感动我自己的好作品写评论的原因。

如今，我的文学理想是："让自己快乐，让别人快乐。"

人，来到世界，也就几十年，很短暂的！人，活在世界上，都不容易！我们总是被"饥寒疾病"、"灾难死亡"，以及各种争斗所困扰。这就是我写《在马路上奔跑的鸡蛋》的原因，呼唤大家共同珍惜生命、呵护生命。其实，我们都像"在马路上奔跑的鸡蛋"一样，随时会被毁坏——中央电视台的著名"国嘴"罗京，上班时间大多在空调房子里，也只活了48岁；身价几个亿的赵本山，前段时间"脑溢血"，差点就离开这个可爱的世界……

人，消亡很容易，活着就是奇迹！脆弱的生命，需要我们的智慧去呵护去涵养！因此，我的文学观是："让自己开心，让读者开心，让大家开心！"其实，世上所有的宗教都让人"平静、平安、快乐、幸福"，包括共产主义，也是这样。我认为，搞文学，赚钱与获奖都不是重要的，重要的是我们的劳动能否给群众带来丰富的精神食粮？能否为社会的文明、发展、进步创造出"蛋白质"、"维生素"？这也是新时期文学能否走向辉煌的根本性问题。

如何使自己的作品走向社会呢？

我自己的体会是：一是多学别人的，特别是那些作品评点文章。别人的作品好在哪里？起初是很难领会的，多听聪明人的点拨，确是一条捷径。二是热爱生活。生活中有很多不如意事，常常要遇到挫折和失败。每当遇到挫折，我就常常提醒自己，自己在作品中不是也常常给主人翁有意添置麻烦吗？人，就这么怪，谈别人的曲折经历时总会津津乐道，看电影、电视也喜欢曲折离奇，可是自己一旦碰到挫折就会承受不了，什么缘故？还不是因为对待别人马列主义，对待自己自由主义吗？！人，只要不偏爱自己，像看待别人一样看待自己，很多烦恼便会离去。这一点便是我去敲文学大堂的门时在路上捡到的一块"砖石"。在此，我想把此"砖石"奉献给文友们，不知你们会不会嫌它丑？文学艺术有一种悲剧美，《三国演义》诸葛亮之死"常使英雄泪满襟"，《水浒传》好汉无好下场，《西游记》孙悟空从大闹天宫到皈依佛门，《红楼梦》贾府之败落……让我们牵肠挂肚。三是自信。只要会做梦，就有"文学"细胞，就能写小说，别人行我也行。四是不期望自

己成大才。世上既有参天大树，也不能缺少小草。医院里既需要主治医师，但也少不了收费挂号的。人生重要的是找准自己的位子。《人民文学》《十月》、《中国作家》上不去，在本地报纸、杂志发文章也光彩——请牢记"天道酬勤"、"水到渠成"。五是注重生活积累。真实的生活比小说更离奇、更生动、更有趣，只要自己多留心观察，多体会，收成一定"一年更比一年好"。

爷爷的遗憾

说来你不会相信,我爷爷与曹雪芹是很好很好的朋友。

爷爷与曹雪芹是怎么相识的,又是何时相识的,已经无法考证。

爷爷告诉我们,自从他跟曹雪芹相识后,两个人几乎是形影不离,他们两个人好的程度就像是一个人似的。

我们很纳闷,才华横溢的文学奇才曹雪芹怎么会跟普通人——我爷爷那么合得来?

对于这个问题,我们不知问了爷爷多少次,然而爷爷的反应每次都让我们震惊——爷爷迅即牙齿紧咬两眼发直口吐白沫脸色铁青喉咙噭噭……十五秒内肯定晕死过去!

见爷爷对此问题的反应竟然如此"雷人",我们都很好奇,但又不敢多问。可是,那些不属于爷爷的子孙的"好事者"们却偏偏很喜欢问这个问题,这些"好事者"们好像很喜欢有人"出丑",他们根本不关心我爷爷的承受能力。

爷爷的衰老程度明显在加快!

唉,与大名人结缘也并不都是福啊!

爷爷终于挺不住了,住进了医院。

没想到,在医院里爷爷照样不得安宁!

那些"好事"的医生、护士竟然也逐渐加入到折磨我爷爷的行列里去！

爷爷终于病危了……不省人事……安然地躺在重症监护室里。

爷爷不会动了，不会吃不会喝不会说也不会睁眼，叫他不会答应，拧他没有反应。

爷爷昏睡了很长很长时间后，也就是当大家都把他忘记的时候，他却突然醒了过来——神志清晰，眼睛发亮，说话流利。

医生知道我爷爷是回光返照，马上通知我们去医院见爷爷。

爷爷见到他的子孙八十八人全部到齐，很高兴。

爷爷向当省卫生厅厅长的第八位孙子黄尽职下命令——借用医院的会议室开个家庭会议。

爷爷坐在会议室的主席台上，容光焕发，精神矍铄。

黄尽职主持会议，宣布家庭会议开始。

爷爷扫视了两遍会场里的每个子孙（包括会议主持人黄尽职）后，坚定地拿起麦克风，站起来说话。

爷爷的临终遗言会是什么？我们没有去猜测，也用不着去猜测，反正一切很快就会听清楚的。

谁也没有料到，爷爷竟然主动告诉讳莫如深的话题——他与曹雪芹的故事。

原来，爷爷跟曹雪芹的生辰八字相同，又是同学，情趣才学不分伯仲。

三十五岁那年，爷爷与曹雪芹相约去秋游。

傍晚时分，不知不觉，两人走到了一处大院门前。

此大院坐落于森林中。只见大院的正门上方隐隐约约写着四个大字："红楼神堡"。

四周异常冷清。往里张望，庭院深深，却不见人影。

爷爷与曹雪芹正要离开，却忽地闪出四个红衣少女拦住去路。

四个红衣少女很有礼貌地邀请爷爷与曹雪芹进去。

"这是哪里啊？里面有什么好看的？"

"进去看看就知道了！里面的好东西多着哩！"

"好东西可以免费看吗？我们没有带钱啊！"

"我家主人才不稀罕钱哩！我家主人得知你们两位大才子来临，特意派我们来迎接！"

"你家主人是谁呀？"

"进去看看，不就全知道了？"

正当犹豫间，四个红衣少女突然两两分别抓住爷爷与曹雪芹，不由分说就往门里面拖。

突遭变故，我爷爷使劲挣扎，终于逃了出来，然而曹雪芹却被四个少女拖进去了。

稍稍冷静后，爷爷不敢离开，心想："曹家已经破败，也没有什么可以敲诈的，身上又没有值钱的东西，而今是太平盛世，一个大男人总不会被人吃了吧？"

四周无人，唯有森林的沙沙风声，有些恐怖。爷爷躲在近处，等候曹雪芹的消息。

不知过了多久，一直不见曹雪芹出来，爷爷终于急了，跑到公安局报案。不可思议的是，爷爷领着警察去找人，却怎么也找不着"红楼神堡"了。

更不可思议的是，失踪了八十八天的曹雪芹却突然回来了。

曹雪芹喜滋滋地告诉我爷爷："红楼神堡里面有数不清的宝贝！此堡只应天上有啊！"

据曹雪芹说，红楼神堡是一个艺术大宝库，里面有人类五千年的文明史，各类文物、珍宝应有尽有！其堡主是警幻仙子，此人最喜收藏，凡各类有收藏价值的东西他总要弄到手。

平时，警幻仙子把宝库看守得严严实实，绝不允许任何人观看他的宝物。然而，时间久了，他又担心别人不知道他收藏着那么多的宝物，于是他又不得不邀请有才学的人去看看那些藏了很久的宝物。

曹雪芹被强行邀请观看宝物后，唯对红楼神堡图书馆内的一部《石头

女儿的答案

记》倾心,遂仔细阅读,默记于心。

回家后,曹雪芹抛开一切事物,专心默写《石头记》。终于,辛苦十年,增删五次,一部旷世奇书《石头记》与世人见面。成书后,曹雪芹并不忌讳《石头记》的来历,书中开篇就明白告诉读者:"忽见一大块石上字迹分明,编述历历……方从头至尾抄录回来,问世传奇。"

说完曹雪芹写《石头记》的故事后,爷爷十分伤感地叹息:"本来,我也有曹雪芹一样的素质和机会,可惜有机遇却抓不住,白活了一辈子!真痛心啊!什么是人生最大的痛苦?绝不是钱没了,人还活着!而是像我这样——机遇来拉我,而我却使劲跑开了,这才是人生真正的最大痛苦!"

爷爷最后告诫我们:"面对疑惑,面对恐惧,面对挑战,坦然地接受,勇敢地迎接,也是一种福分!在重大机遇面前,坦然往往比才华、智慧更重要!"

爷爷把他的人生经验告诉我们后,当晚就离开了人世。

欣慰的是,爷爷是安详地远离我们的。

会宝

宗公活了一辈子,开了大半辈子会议。先是宗公坐在会场里听人家讲,后是别人坐在会场里听他讲。

宗公渐渐发现,会是越来越难开了,与会者不是吞云吐雾、交头接耳,便是昏昏沉沉、迷迷糊糊打瞌睡。宗公清楚地记得，他卸任前的最后一次在主席台上的讲话根本没一个人听。

宗公很伤心，觉得自己白活了一辈子，尽管他步步高升、官运亨通，但在他自己的印象里日子却像流水一样过去而无所建树，甚至未能真正控制过一次会场的气氛。

宗公退职后日夜为自己的碌碌无为而抑郁，终于染疾而终。

宗公的阴魂飘飘荡荡地来到了同学吴有的身边。吴有是位电脑专家，其发明创造影响了整个人类的生活。宗公生前对吴有是看不上眼的，但他死后却觉得还是吴有的生命更有意义。于是，宗公的阴魂便悄悄地寄生在吴有的大脑中了。

三年后，吴有发明了一种专门用来调整会议气氛的高科技产品——会宝。这种像空调一样的东西，装在会场上，不消十分钟，会场内的人就会在会宝的气息作用下，自身的心理、生理功能被抑制，所有举动全被会议主持人所控制。因此，用了会宝的会场，与会者总是"聚精会神"，整个会场总是秩序井然。

于是，会宝风靡全球，不但被所有会场所拥有，还进入了幼儿园、中小学校……

因发明会宝而大赚了一把的吴有，从银河系外旅游归来后发现，整个地球变成了一个大会场，地球上的人都变成了几千年前的秦兵马俑的模样了。

经吴有多方考证后方知，原来有了会宝以后，地球人便极爱开会，结果是会越开越多、越开越大、越开越长，导致地球人最终都饿死在会场上。

恢复人样不容易

TKKT 超级病毒席卷全球后，许多人深受其苦。被感染者的全身皮肤都被"蛤蟆化"，且奇痒难忍，不能穿戴任何衣裤。用手搔痒，一抓一个水泡，不但止不了痒，反而使病情加快蔓延。全球科学家虽通力合作，日夜加班，苦战三年，却仍未研制出有效药物。

正当世界上有 30％的人被感染 TKKT 病毒后，地球村的村长高米耳先生也未能幸免于难，人们急急将他送入刚刚降临的特级医院——红楼神堡。

红楼神堡是牛尔多星球人为援助地球人克服 TKKT 病毒而派来的一艘飞船。

全身赤裸的高米耳先生，很快被红楼神堡的医生安置在一台 T 形超级治疗仪前。这台治疗仪初看就是一台普通的电脑，只是键盘上没有操作键，而是两只手掌的模型。医生要高米耳先生把十个手指一一对应地按住模型——

只见屏幕上立时出现了一份病情报告：全身皮肤被感染程度为 6.13％，主要病区是前胸部、手臂、大腿；痛痒度为最大承受能力的 8.16％；自身人体免疫功能发挥率为 53.86％；病情发展趋势为：3 小时后，胸部感染区面积将增加 6.14％，手臂感染区面积将增加 8.04％，大腿感染区面积将增加

4.11%……

　　一向对科学迷信的高米耳，当他听清楚红楼神堡的医生所介绍的"治疗方案"后，几乎晕了过去。他原以为神堡内的药物异常丰富、灵验，没想到神堡内根本没有药。医生告诉他，对付超级病毒，世上所有的药物都只是安慰剂，根本起不了实质性的作用。给人服药，是低档次的医院既谋人钱财又误人性命的肮脏行径。这种缺德的勾当，牛尔多星球人从来不干。当然，牛尔多星球人并非不讲科学，反而很崇敬科学，否则，他们的飞船怎能自由穿梭于银河系？医生说，他们的医学研究证明，对付超级病毒，真正的药物每个人都有——人体是大自然的杰作，最高级的医生和药厂就是人体内的免疫细胞与免疫系统。每个人只要将自身的免疫功能提高到80%的工作效益状态，任何病毒、病菌都成了纸老虎。这一发现，正是牛尔多星球人崇尚科学的成果。

　　不打针，不吃药，要完全依靠自己的体能战胜病魔，这不是返回到原始社会了吗？高米耳禁不住大声责问医生。

　　医生仍笑眯眯地对高米耳说，科学总是按螺旋式上升的方式发展的。有时好像回到了原始，但实质上已经发生了变化。原始人不但不知道自身肌体有免疫功能，更不知如何调整自身肌体的免疫功能。红楼神堡的科学家发现，良好的心理状态是调整人体免疫功能效率的唯一钥匙。为此，红楼神堡的科学家还专门发明了一种能随时检测人体免疫功能效率的仪器——T形超级治疗仪。

　　高米耳闻言，不禁暗暗叫苦，口若悬河的骗子见得多了，如今定是上了"贼船"。正在如此胡思乱想、心情格外沮丧之时，仪器警报声不断，画面上出现了"关羽败走麦城"的情景，人体免疫功能效率值显示栏中出现红色闪烁字样：48.3%。特别提醒栏中出现：原3小时后出现的病症将提前126.8秒出现。

　　真是神验！高米耳病情的变化果如预测的一样。在残酷的事实面前，高米耳不得不屈服于科学的力量，变成了一只被驯服的绵羊。他终于不折

不扣地按照医生的建议调整心态。当他将自己的心态调整到"蒙娜丽莎的微笑"的状态时，T形超级治疗仪跳出了欢快的乐曲，免疫功能效率值显示栏出现：79.3%！这接近80%的免疫功能效率值，意味着高米耳将完全恢复健康！

奇迹出现，三个月后高米耳成为全球第一个完全依靠自身免疫功能战胜TKKT病毒的人。

然而，令高米耳痛心的是，服惯了药、打惯了针的地球人，有98.73%的人不肯接受这种不服药不打针的疗疾办法，而是病急乱投医，误了最佳治疗时间。结果是，多数地球人被TKKT病毒感染，人群中到处可见一个个凹凸不平、长着癞蛤蟆皮肤的人。红楼神堡飞船对执迷不悟的地球人失去了耐心，自行飞走了。

在高米耳的不懈奔走呼号下，全球科学家经过八年的科技攻关，人类自己制作的T形超级治疗仪器终于问世。

只要调整好心态，就能使人体免疫功能的效率提高。人体免疫功能效率提高到80%以上，任何病毒、病菌都成了纸老虎！随着越来越多的"蛤蟆人"恢复人样，一个十分令人尴尬的事实出现：高米耳的秘书、二奶，是靠"不断偷窥他人隐私"而提高人体免疫功能的；高米耳的夫人是靠"不停地诅咒别人"而恢复健康的……世上只有3.7%的人是靠"微笑"调高自身免疫功能的，却有2.5%的人是用"无事生非"、"挖苦他人"、"诽谤他人"的办法调好心态的，另有17.2%的人是用"哭闹"、"耍赖"的办法恢复健康的，更有0.61%的人是用"放火"、"抢劫"、"偷盗"、"谋害他人"的手段恢复人样的。

可怜的是，有46.9%的人始终不愿或不敢找出自己的"健康因素"，从而永远失去了人的形貌。

有人建议，用T形治疗仪作为选拔地球村各级干部的重要工具，于是，一场比TKKT病毒更大的风波席卷全球各地……

鸡蛋 + 玄真

　　刚刚做完"鸡蛋孵出河蚌"实验，阿拉米教授一脸满足和惬意，很悠然地掏出蓝色丝帕，象征性地在自己的鼻子和下巴上轻轻擦了擦，而后很绅士地用右手划了一个"起"的手势，其意是鼓励第一批七十二名到红楼神堡留学的地球人发问。

　　达尔文从最后一排的座位上站了起来，虽然被凳子撞痛了胫骨，仍勇敢地走上讲台。

　　达尔文将捂了嘴巴许久的白色丝帕递给阿拉米教授，告诉大家："刚才看了实验后，笑掉了一枚大牙！真没想到，阿拉米教授居然用魔术当作科学！"

　　阿拉米教授不辩不恼，他用不锈钢镊子夹住达尔文的牙齿，用清水冲洗掉血污，把牙齿放入透明的玻璃烧杯中，而后倒入淡黄色的溶液，搅拌一阵子……达尔文的牙齿很快就被完全溶解了。

　　阿拉米教授把溶有达尔文牙齿的淡黄色液体，滴入一只刚刚从鸡蛋里孵出的河蚌体内，然后与另一只没有滴入溶液的河蚌一起放入"九级缩时培养仪"中……不到两分钟，实验结果就出来了：剖开两只河蚌发现，滴入溶液的这只河蚌身上结出了六十八颗黄豆般大小、光彩夺目的珍珠，没有滴入溶液的那只河蚌身上一颗珍珠也没有。

阿拉米教授问大家："这些珍珠是怎么来的？是河蚌进化的结果吗？"

达尔文涨红了脸，说道："有杂质侵入河蚌体内，才有珍珠产生，这跟进化无关！"

阿拉米教授在黑板上写下了"杂质、珍珠"四个大字。

然后，又开始做实验。这回，阿拉米教授把鸡蛋先放入酱色溶液中泡了二十五秒，而后放入"九级缩时培养仪"中，很快，一个从来没有见过的怪物被孵化出来。

这只怪物，虽然像鸡，却全身长着像穿山甲一样的鳞，它的叫声也很奇特，像婴儿的哭声。

达尔文大声叫了起来："悲惨啊，这是严重的环境污染造成的怪物啊！"

阿拉米教授招呼两名学生与达尔文一起，共同对这个新怪物进行基因分析。

结果显示，新怪物与鸡的基因相同率高达 99.998%。

通过实验，阿拉米教授告诉大家，畜生、鸟类、鱼类，与我们人类的基因绝大部分是相同的，人与苍蝇的基因相同率也超过 98%……因此，我们只要用"鸡蛋＋杂质"的方法就能培育出各种动物，关键是找对"杂质"的类型和数量！

这是一种完全颠覆"进化论"的理论，达尔文闻听后，很快气促胸胀，口吐鲜血，被送往医院抢救。

达尔文离去后，课堂气氛明显轻松了。阿拉米教授说，杂质进入河蚌体内，产生珍珠；杂质进入纯净的硅晶体内，产生了晶体管，从而人类拥有了电子计算机；杂质进入生物体内，可以改变遗传基因……他建议今后把"杂质"改称为"玄真"，以改变人们对灵异因素的偏见。其实，世上许多奇迹都是由"杂质"创造出来的。

课后，阿拉米教授陪同大家参观红楼神堡的动物园，这是一座全部采用"鸡蛋＋玄真"方法培育出来的动物园。

走着走着，我突然被阿拉米教授的美女助手撞了个趔趄，只见她像饿虎扑食般地向正在清理垃圾箱的环卫工人冲过去……

阿拉米教授得意地告诉我们,他的美女助手正是用"鸡蛋＋玄真"方法培育出来的,现在仍保留着"见到垃圾就冲"的鸡采食生活习性……不过,三四秒后她就会"清醒"过来。

电子人

我像对待客人一样,既给他泡茶,又给他削苹果,搞得侄儿阿顿有些不自在。

我跟阿顿并排地坐在双人沙发上。

阿顿不好意思地问:"伯伯,你怎么这么客气?"

我说:"伯伯想请你帮帮忙啊!"

阿顿一脸疑惑:"伯伯还要我帮忙?不会吧?"

我说:"这件事只有你才能帮,其他的人全都使不上劲!"

侄儿闻言,一脸喜悦:"真没想到,大伯伯也有用得着我的地方!什么事?快说吧!"

我用左手握住侄儿的右手,说:"听你爸爸妈妈说,你会听伯伯的话?"

"嗯!"

"那你就给伯伯一个面子,真的听听伯伯说的话!"

侄儿的右手抽离了我的手,抓了抓后脑勺,没有说话。

"现在,放暑假了,按理你们可以玩玩了!"

"可爸爸妈妈老是说不能玩!"

"应该玩一玩! 怎么玩? 想过吗?"

"爸爸妈妈不让玩,还怎么去想啊? 作业! 作业! 作业! 他们只知道叫我做作业!"

"玩,也是作业!"

"你不是骗我吧? 玩怎么也是作业?"

我很耐心地跟侄儿说,玩也应该有计划——玩什么? 什么时间玩? 怎么玩? 而后又启发他"劳逸结合",帮助他建立"该玩时,玩个痛快;该学习时,努力学习;该休息时,好好休息"!

我用了一天的时间,与侄儿充分讨论后,帮助侄儿制订了一份详细的暑假作息时间表。

什么时候看教科书,什么时候写作业,什么时候上网,什么时候看电视,什么时候去打球,什么时候去逛街,什么时候去会同学……能想到的,都写入计划里。

这份暑假作息时间表是侄儿有生以来第一份计划,他想得很周到,写得很认真。

在这份暑假作息时间表上,他签了字,我也签了字。

我叫他把这份暑假作息时间表贴在书桌前面的墙壁上。

我对侄儿说:"你按计划读书、休息、玩,就是成功! 就是给伯伯面子,就是给伯伯帮忙了!"

侄儿很爽快地答应了。为了证明他的诚信,他还主动跷起左小指头,提议跟我"拉钩钩"。

一切形式都很认真地履行过后,计划并没有真正落实,这是我早就预料到的,毕竟侄儿才十三岁啊。

事实上,前五天我一直做"护航",严格按计划做事,侄儿老老实实。第六天,侄儿在没有人"护航"的情况下,很快就原形毕露——又沉迷于电脑游戏了。

出现问题，这是我预料中的事。我对侄儿说："人最难的是战胜自己！要学会管理自己！要明白，电脑是工具，而不是玩具！"

在电脑的鼠标上，我特意贴上"战胜自己"四个字，告诫侄儿"改掉陋习"。

可是，侄儿一再让我失望。后来，我每次去突击检查，总是发现他在玩电脑。

不入虎穴焉得虎子。为了掌握电脑的害处，我请侄儿教我玩电脑游戏。

终于，我了解了虚拟世界的神奇魅力——

"反恐精英"、"开心农场"、"人肉炸弹"、"朋友买卖"、"挖金子"……正是"虚拟世界如此多娇，引无数英雄竞折腰"——真可谓"风景这边独好""此间乐，不思蜀"！

我时刻提醒自己是成年人，是教师，玩电脑是"理性的"……那天，我打开"谷歌"卫星电子地图，想看看自己居住的城市最近又有哪些道路在"开胸验肺"时，突然，屏幕上跳出一个提示："想看看自己吗？请下载'麦乐'电子人图。"

出于好奇，我点了"接受下载"对话框。

天哪！（我只能这么叫了！）

当我点击电脑里的地球仪中自己所处的方位后，随着放大倍数的不断提升，一个越来越清晰的人影显现在电脑里——电脑几乎成了镜子，里面的那个"我"——一举一动跟自己完全相同！

真是太不可思议了！"麦乐"电子人图——哇噻！

更让人惊讶的是，如果再拉升放大倍数，自己全身的血管、骨头、内脏都看得清清楚楚！

我把鼠标放在电脑中的"我"的大脑的中间位置，想看看自己大脑的构造……随着放大倍数的不断拉升，屏幕上先是出现"青藏高原"般的景象，而后就变得一片模糊，最后……居然出现一个城市……那穿梭于街道中的一个个人影皆清晰可辨！

是不是在做梦？

我拨通弟弟、老婆、北京大学同学、美国朋友的电话，请他们看看"麦乐"电子人图，其结果是——他们跟我不一样，都看不到自己身上有"小小人"！

二十年后，侄儿阿顿成了研究"小小人"的专家。

原来，用"麦乐"电子人图看到的"小小人"都是真实的，每个人的身上都有"小小人"存在，但要发现他们却不是很容易的事，犹如到太空找生命，一是需要缘分，二是需要耐心。因为这种"小小人"实在很小很小——若把很小很小的电子放大成地球般大的话，那么，用"麦乐"电子人图看到的"小小人"，其高度不会超过1米。也就是说，这些"小小人"是把很小很小的电子当作地球来居住的，因此，这些"小小人"被命名为"电子人"。

可惜的是，由于"麦乐"电子人图的放大倍数受技术制约，现在，我们还无法弄清"电子人"的许多特性，诸如，他们的存在有什么意义，他们跟我们到底有什么联系等，都有待我们去进一步探索。

天网

索拉西是人类第一大刽子手，仅仅因为偷猎濒危动物鸡驮凤坐牢六年而仇视整个人类。他越狱后，先将核大国M国的三颗超能级核弹头神秘地盗走，而后把全球第二大城市W国的海中月夷为平地，使4567万生命一瞬间在地球上消失！

就是这样一个十恶不赦、万劫不复、死有余辜的恶魔，却在全球人一心一意的围剿中神秘地失踪……

四十年后，正当地球人逐渐淡忘索拉西时，他却又突然出现在世人面前——主动向Ｗ国Ｈ市的警察局投案自首了。

"索拉西"的名字再次轰动全球！

原来，索拉西在引爆三颗超能级核弹头之后，很快就成了众矢之的，正当他被世界警察围困到孤岛沙中舟时，被核爆炸的超级能量波吸引而来的黄克庭星球人所见，不知缘由的黄星人见索拉西如丧家之犬，以为他是受世人迫害的不幸者，便将其救走。

一到黄星，诚惶诚恐的索拉西很快就眉开眼笑了，因为黄星上生机盎然，风光无限好，地球上所有的动植物在这里都能见到。并且，在地球上仅仅是传说中的动物，如龙、麒麟、凤凰、长翅的老虎等一应俱全——这是一颗超级文明星球，地球上的所有生命皆发源于它。令人不可思议的是，所有动物一律温驯可亲，绝无张牙舞爪、气势汹汹者。

索拉西的恶性很快又暴露出来，到达黄星的当天上午九时，惊魂刚定后，他就将一只大猴子绑在树上，敲开猴脑壳，活生生地将猴脑吃了；中午十一时半，他又将一头幼熊的四只脚掌砍下吃掉……因地球上的猴子和熊灭绝而多年无法解馋的索拉西，一饱口福后很快就做起了美梦：龙肉的滋味怎样？麒麟腿的味道如何？凤凰的血是不是有点甜？……

正当索拉西不断地做着美梦时，次日上午九时，他被一阵剧烈的头痛惊醒了，直痛得他满地打滚、呼天抢地！中午十一时半，索拉西的手与脚又突然疼痛起来，像被刀砍一样……

天天如此！月月如此！年年如此！索拉西四处求医，却始终找不到医院和医生。

终于，黄星人告诉索拉西，黄星上既没有警察，也没有医院。黄星上的动物，其行为皆被由36000万颗人造卫星组成的超级智能遥感卫星系统所监视。那天，索拉西杀猴和砍熊的过程，全被遥感卫星所监测，于是，超级智

能遥感卫星系统马上将受害猴子与熊的"痛苦脑电波"拷贝（复制）到索拉西的大脑里，并且每天按时触发它——这叫作"以其人之道还治其人之身"，自作自受！

另外，黄星上的卫星遥感系统还有强大的防菌、防毒，杀菌、杀毒功能，所以也就没有医院了。更令人惊讶的是，黄星上的空气是经过特别调制的，其中包含动物新陈代谢所需的所有成分，所有动物只需呼吸空气就能维持生命，根本不存在弱肉强食的悲惨状况！

每天受"裂脑"与"断肢"煎熬的索拉西终于选择了自杀，跳楼、跳水、自焚……但每次都死不成，因为超级智能遥感卫星系统时刻监视着被惩罚者的脑电波信息，自杀脑电波一旦被其监测，它马上就用"反相波"进行干扰，使自杀者顿时不知该做些什么！

经过四十年反省与炼狱生活的索拉西，最终央求黄星人将其送回地球，虔诚地跪倒在犯下滔天罪行的地球土地上。

索拉西怎么也想不到，黄星超级智能遥感卫星系统惩罚他的期限就是四十年，否则它绝不会让索拉西离开。

等待索拉西的，是地球人对他的宣判！

让你摸个够

"老兄，到底摸什么？"我红着脸问那个进去"摸"过的A君。A君用鄙夷的目光狠狠地瞪了我一眼，说道："你自己进去摸摸不就知道了吗！我可是花了五十元钱的。"

被他这么一训，我似乎开窍多了。是啊，要知道梨子的味道，不去亲口尝尝怎么行呢？我终于下定决心，忍痛取出五十元钱，买了一张能进去"摸"的门票。心想，有此一遭，或许便不枉此生了。

微微发抖的手，按动房门的电钮，门"唰"地开了。人刚进去，门就自动关闭。走进一间亮着微弱红光的房间，只见里面空荡荡的。

我焦灼不安地等待了一会儿，仍没有什么可摸的东西出现。正要生气，忽见东面墙脚处开有一个饭碗大小的洞，上面贴着一张字条。凑近仔细辨认，看清上面写着："请伸手往里摸。"

因洞口实在太低，人只能伏在地上，屏住呼吸，伴着"怦怦"的心跳，紧张兮兮地伸手往洞中摸去。起初什么也没有摸到，直等到伸直整只手臂的所有关节，臂根紧紧堵住洞口时，才好像摸着了什么似的。

摸了半天，直累得手臂手指发酸发痛，直累得颈、腰、背像散了架，自己却仍搞不清楚到底摸到过什么，然而又好像确实摸到过什么……

"老弟，过瘾吗？"在"五十元钱摸个够"的售票处徘徊了很久的B君问我。

我本想大呼上当，然又觉说不出口，那不是等于骂自己是傻蛋吗？瞧见B君那充满期待的眼神，我不禁瞪了他一眼："进去摸摸，不就明白了吗！"

B君终于不再犹豫，掏钱买了一张门票。看见B君进了那扇厚厚黑黑的门，我忽地高兴起来。

"花此五十元，值！"我对自己说。

血色豆浆

"哎，哎，哎！漫出去了！"我大声对店主喊道。

店主似乎是聋子，对我的话根本没什么反应，右手还是用勺子一个劲地把豆浆往小桌上的小碗里舀去，口里则不紧不慢地数着："一碗，两碗，三碗……"

我本想大骂店主"有毛病"，但想到自己孤身一人第一次到这人生地不熟的H小镇，还是忍住了。于是冒出喉头的话便变成了："店老板，你有没有搞错？"

店主闻言，乜了我一眼后，说道："我开这爿店时，你还没来这世上呢！整整二十六年生意做下来了，从没搞错过！"

"那，你怎么老是往小碗里舀豆浆呢？"

"他要买，我要卖！公平合理！"

"全流到地上去了！为啥不给他弄个大盆装装？"

"用什么东西装豆浆，这，你我就做不了主了。还得由顾客自己决定！本店讲究的是公平买卖，童叟无欺！"

我忽然发现，用小碗买豆浆的是一名年约十一岁的小子。我对那小子说："你这钱花得冤不冤？"

没想到那小子眉头一皱："关你屁事！我自己的钱，该怎么花就怎么花！只要我高兴！"

我忽地对店主大叫："别让这小子寻开心，别卖他！"

"有货不卖？你是不想让我开这店了？小兄弟呀，难道死了张屠夫就没人吃猪肉？"

"小哥，你是第一次来我们这小镇的吧？你就少说两句吧，那三小公子只要听到有人不服，他就要再加买一碗的！"坐在我边上的一位老伯小声对我说。

"不！从今天开始，有人不服，我要再加买三碗！"真没想到三小公子的耳朵竟会这么灵。

我环顾左右，只看到满满一屋子人都在自顾喝豆浆，只听得店主像念经一样地数着："……二十八碗、二十九碗……"

流了一地的豆浆，像脓水一样向我就座的地方流过来，令我感到阵阵恶心。

"别跟孩子比见识！"我跑出了那店。

回头一瞧，那淌在地面上的豆浆却忽地泛红起来，犹如鲜血一样。

在马路上奔跑的鸡蛋

8月8日,在红城的电视节目里播出一起交通事故。电视画面是一段交通监控录像。在人流车流如潮的红楼桥东头的十字岔口,忽然一辆满载着鸡蛋的脚踏三轮车斜刺里闯红灯冲了出来,很快被一辆疾驶而来的出租车撞到——顿时人仰马翻,碎鸡蛋撒满一地……

还端着半碗饭的刘大妈边看电视边骂道:"该死啊,要钱不要命!明明是红灯,仍是要硬闯……这些民工……素质太差了……赚钱赚疯了!瞧瞧,这下可什么都没了……"

"开出租车的,也没有一个好东西,总是疯快,明明知道这里经常要出事故,还是硬来……也没人好好管管!"刘大伯却对妻子刘大妈的话感冒。

"谁硬来了?哪边是红灯?你瞧清楚了吗?"

"得理了就不能开慢一点吗?也不想想人家也是爹娘生的……"

"自己寻死,就该撞死!就该白撞!这些民工,也真是的,怎么就撞不怕呢?前天不是有两起被撞了吗?"

"就你心狠!他们撞死了,对你有什么好处?也不想想,没有这些民工,你那三间店面房能租得个好价钱?"

电视画面。一名满头华发、满脸菊花皱纹的老妇欲哭无泪地倾诉着,从她那断断续续的言语中,观众终于明白了——被撞的三轮车夫是她的儿子,二十五岁了，未婚。娘儿俩来红城打工已五个年头。儿子从没固定工作，这次是给某超市运送鸡蛋的，结果全砸了。她自己则捡垃圾为生。娘儿俩就住在西城郊的垃圾房里，白天人家放垃圾，晚上他们将垃圾搬走住进去。儿子如今正在市中心医院抢救，已昏迷五天未醒，每天医药费七千多元。娘儿俩来红城所挣的钱只够付三天的医药费。儿子身上还有七块骨头被撞碎，左小腿三处骨断，肿得比平时粗了一半多。如今，她早已身无分文，还欠医院一大笔债，儿子命在旦夕——求求好心人救救她儿子！

电视机前的刘大妈又禁不住开口了："真是作孽呀，要死就死好了，一了百了，一下子撞死就好了！这样不死不活的，不知要花多少钱？就是救回来，骨头断了七块，后半辈子靠谁养啊？要是成了植物人……只怕是，更大的悲剧在后头呢！"

"胡扯！少说几句行不？也不怕别人笑话……天地良心跑哪去了？"

"我说几句真话也错了？自己闯红灯，自己作了孽，就该自己负责！有良心的人，就不该连累老娘！"

两天后。电视画面。电视主持人与车夫的老娘在医院接受群众捐赠的画面交替出现。据说，捐款已有十三万多元，但伤者仍处于深度昏迷中。

电视机前的刘大妈又禁不住开口了："老太太快要发财了！要是知道有这么多人去捐款，我那三百元钱就不捐了！唉，要是人家钱捐多了，这作孽的人却突然死了，岂不便宜了这老太太？"

"胡扯！真是妇人之见！儿子没了，钱再多又有什么意义？要知道，原本有的却失去了，是比原本就不曾有过的——更不幸……更可怜……更痛苦！"

"蠢老头！你真是越来越不像话了！怎么老是跟老娘过不去？老娘我什么地方得罪你了？是不是到了更年期要闹离婚呀？"

"跟你没法说清楚！"

"我就要你说清楚！否则，咱俩没完！"

8月14日。电视画面。电视主持人与救护车搬送病人的画面交替出现。

主持人告诉观众,病人经十一天救治仍未苏醒,捐款已达二十三万元。为了节省开支,在病人母亲的强烈要求下,病人于早上八点离开医院,转回其老家白坭镇一家档次较低的医院继续救治。另外,电视还播出了一则消息:在事故发生地,至今仍有一只鸡蛋每天在马路中央来回奔跑着⋯⋯十多天过去,竟没被如潮般的人流车流压碎,真是奇迹!

在电视机前的刘大妈又禁不住开口了:"这只神奇的鸡蛋一定是车夫的魂灵了,只要这只鸡蛋不被压碎,车夫就还有救!"

8月15日。电视播出新闻,说是昨晚在红楼桥东头的十字岔口,一名老伯因闯红灯去捡奔跑的鸡蛋而被汽车撞死,一名老妈妈因去救老伯而被随后的快车撞倒!死后的老伯手里仍紧紧地握着一只完好的鸡蛋。

刘大妈家的电视机前,空无一人。因为被撞的人正是刘大妈夫妇。三十年前,刘大伯来红城打工,后与房东之女刘大妈结婚,因刘大妈不能生育,两人至今无后。前面被撞的车夫的母亲,原是刘大伯的情人,只因世道多艰、老天作祟,两人有缘无分。

刘大伯被火化后,出事地忽然出现奇特现象:两只鸡蛋每天在马路中央来回奔跑,如潮的人流车流到此都缓下气来,始终没有压碎它,也再没有人去捡它——终于成为红城的一道迷人风景。

据说,从那以后,原本每天出事故的红楼桥东头的十字岔口不再有人被汽车撞死。

十年流水账

常常想起一个人。

这个人姓常，名见真，原先是乡下某中学的一名老师，退休后定居于城区的祖房里。此人右眼天生只有左眼一半大，平时只开右眼，说是为了让其多用而变大，可他努力勤睁右眼一辈子，也没能明显缩小两眼的差距。

他的摄影技术并不好。在我主编的版面上，每月我会照顾性地发他一张照片。他很知足，心里也知道这份情，每次相遇，他总是很热情地呼我"黄老师"，尽管他的儿子要比我大十岁。

我曾很认真地问过他，拍了那么多照片，光冲印照片就花光了他的退休金，拿回的稿酬还不到百分之一，做如此大亏本的买卖图个啥？对此，他很认真地答复我：钱是身外之物，能图个身体好心情好就很划算！东走走，西逛逛，哪里热闹就往哪里凑，日子过得很舒坦，原先的七痛八痛倒是渐渐少了。他说，儿女两个很争气，大女儿办了一家大工厂，常常叫他去拿钱，小儿子在美国工作，也常要给他寄钱！

那天，我到市中心医院看望因车祸住院的同事陈某，在病房里竟意外地遇到了常老师。常老师不是特意去看望我的同事陈某的，而是他比我同事早二十五天就住进这个病房里了。我这才依稀想起确实有多天不见常老师来报社了。

常老师确实瘦多了,绑着白纱绷带的右眼格外刺眼。

我问常老师怎么受的伤?

他努力睁开了闭惯了的左眼说,性格即命运啊!性格不好,所以命运也不好!

细谈中,我终于明白了事情的经过。

出事那天,常老师是应校长邀请才回到阔别十年的乡下学校的。校长说,你是学校的老教师,经常在报上发表作品,怎不给我们自己的学校宣传宣传?常老师说,他对自己任教了三十六年的学校没有好感,所以退休后从未回去看过。这次突然接到校长打来的电话,有点激动——或许是鬼迷心窍罢了,竟然一下子就答应了。

我问常老师,教了三十六年,可谓是一生心血都奉献给了这个学校,怎么会没有好感呢?

常老师凄然一笑,告诉我:他原本住在学校的自来水塔边上的实验楼里。实验楼不大,只有一层,共四个教室。其中两个教室是给学生上实验课用的,另一个半教室是用来放置教学仪器的,剩下的半个教室用薄木板隔开给常老师当寝室。实验楼在学校的西南角,地处偏僻,就常老师一人住此。那自来水塔是常老师退休前三个月才建好并开始使用的。有了自来水,大家都很高兴,因为以前洗脸刷牙洗衣蒸饭全要自己动手取井水。有了自来水,问题也来了。最大的问题是浪费,一些人在刷牙、洗衣时不关水龙头,水哗哗地流,让人心疼!为此,校长在大会小会上从不吝啬口水。领导重视,效果当然就好!学生教师这头,浪费情况堵住了,可常老师发现,更大的浪费却在水塔这边。只有人开抽水电闸,却没人及时关电闸。除用水高峰期外,特别是晚上无人用水的时间,水塔上面的溢水口老是冒水,常有"庐山瀑布"之景观。为此,常老师没少向校长报告,校长也没少向管自来水的刘四发火。后来,事情闹大了,刘四被扣一个月奖金,刘四扬言要毁了常老师的左眼。常老师被总务主任张二请去上饭馆撮了一顿。张二告诉常老师,新招工进来的刘四是教育局局长的外甥,专职管自来水,智商不高,脑子又生过毛病,从小娇生惯养,所以性格也不好,又懒又蠢,要不是关系户,早就开除了!校长说了,人也批评了,钱也扣过了……到此为止吧。一个开关都管不好的人,还能做什么事?总不能将刘四往绝路上赶吧!他可是全校工资拿得最少的人啊。校长以前可从未扣过别人的钱啊!

"我已严厉警告了刘四:只要常老师的毫毛少了一根,我就把你的双手废了!常老师啊,您是德高望重的老教师,总用不着跟刘四这种有靠山没脑筋的小混混去比见识吧?"张二主任的这句话好像一块鸡蛋石一下子就把常老师的出气口给封死了。

后来,水塔里装上了一根手臂般粗的引流管,溢出的水从管里边流下,很快进入排污涵道,彻底消除了"庐山瀑布"。

后来,常老师退休回家。一别十年,从没回校去看看。

"想不到啊!这次校长要我回去宣传学校的节水教育。校长说,自来水井原先只有二十八米深,十年后的今天井深已达一百五十八米,可水还是不够用……"

正当校长忙于布置全校师生节水宣传会议会场时,常老师特意去水塔边看看。老远,常老师就听见"哼哄——哼哄"声……常老师走到水塔下,好不容易撬开一块五十厘米见方的水泥盖板。

——天哪!只见十年前的那股清澈的流水正从手臂般粗的引流管里欢快地冲下来!

常老师眼前突然一黑,一头栽倒在水泥地上,等他醒来时,发觉自己的右眼已被撕裂……医生告诉他,现在他的双眼已经一样大了。

如今,常老师再也不来报社投稿了。据说,常老师只要听到有人讲节水问题他就发晕,他也见不得像流水一样的印刷报纸的现代化程控机器……

不会再来报社的常老师,我却每日想起他。

拜望恩师

　　出现在我们面前的竟然是这样一幅画面:一座背靠一片竹林、坐北朝南、排三四厢、两层砖木结构的江南民居,被大火烧得只剩东面两间厢房。断垣残壁边长满了一二尺高的各种野草,有一些不知名的野花正摇头晃脑着,似乎想打听我们这两个不速之客的来历和身份。被烧的房子,还剩着一人多高的残墙和未被完全烧化的乌黑的、嶙峋的木本构架,那直刺天穹的焦黑的七八根房柱,像手机信号转发天线,正默默地向远道而来的我们播撒那大火的熊熊气势与乌黑浓烟的滚滚热浪……

　　给我们指路的热心老村妇个子虽然矮小,身高大概只有一米半,穿着也很土气,但口齿非常伶俐。她告诉我们,贾老师就住在没被火烧掉的两间厢房里。

　　从健谈的老村妇口中,我们得知:这个村子只有一个贾姓,全村总人口不到三百,这座被大火烧掉的房子是全村档次最高、规模最大的老房子。三十年前,这座房子曾挤住过八户人家。改革开放后,住在这座房子里的人逐渐移到山下、城里——穷怕了的人个个都忙着下山脱贫,进城打工,致富奔小康去了。七年前,这座全村最好的房子竟成了一座空房。五年前的大年初三夜,不知怎的,这座房子忽然起了火,就成了如今这模样。现在,全村的青壮年都走了,仅剩下不到四十来个体衰的老年人。算来算去,今年

六十一岁的贾老师，是如今住在村子里最年轻的人了！老村妇得意地说，她比贾老师整整大一轮，是看着贾老师长大的堂姊。

老村妇说，贾老师是该村唯一念过大学的人。1963年，贾老师考上大学时，全村户户人家都给他放鞭炮，户户人家都给他送鸡蛋！都以为，贾老师是个大有出息的人。唉，谁又想得到，贾老师不知犯了啥病，五十八岁那年，也就是三年前，居然自己辞职，只身回到了村里，住进了二十多年不曾住人的祖房里！唉，听风水先生说，我们村地皮太薄，山太穷，长在这里的人呀，成不了大才！真是应验得很哪！听人说，幸好贾老师有一个在县政府当官的学生，想方设法为贾老师保住了退休工资。可是，贾老师并不领情哪。据说，保住贾老师退休工资的理由是：贾老师神经不正常！也就是说，贾老师脑子有毛病，所以才会辞职回老家！现在，贾老师每天与七八只羊做伴，早出晚归，满山遍野地跑。他常常跟人说，养了大半辈子猴子，最得意的是，教出了三十六只会说洋话的灵猴，没想到，这些学会了说洋话的猴子全跑到国外去了。真是糟蹋了粮食，糟蹋了心血，糟蹋了手艺，糟蹋了希望，真是愧对那些饿死的猴子！更对不起那些被饿死的人！这是犯罪呀！真是愧对祖宗，愧对先贤，愧对自个唷！

贾老师说，最可气的是，他的宝贝儿子出国留学后，就再也没有回来，还娶了一只说什么"大吉大利"（意大利）的洋猴做老婆；他的女儿，竟然被他的猴子勾引到了卖（美）国。这还不算，最终，他的老婆——那个每天三餐做啥菜烧啥饭都做不了主，依附了贾老师大半辈子的女人，居然也跟随女儿出国不回来了，专为女儿养小猴子去了……如今，大家都以出村、出山、出国为荣，可贾老师就是讨厌"出国"……他的脑子正常吗？

站在贾老师的老屋前，听着老村妇的娓娓诉说，我忽然发现我哥的脸色变得铁青，我忙问："你咋了？不舒服？是不是爬山累着了？"

哥没说话，也没看我，只是两眼慢慢地清点着那些被大火烧焦的房柱……

贾老师是我哥的恩师，原是县城第一中学的数学高级教师，是我哥高中两年的班主任。贾老师是个很偏心的人，高二上学期末，同学们起初没评我哥为"三好学生"，结果害得全班学生举行了七轮"三好学生"的评比，直到全班都知道非把我哥评上不可为止。没有贾老师，绝不会有我哥的今天。1978年，我哥考上北京大学，我家特地邀请贾老师来家做客。那天，我哥怕请不动贾老师，遂叫我一同前往，说是兄弟俩"就是拖也要把贾老师拖来"。没想到，到了县城一中，说明来意后，贾老师竟很爽快地答应了。

县城离我家有五十多里远，其中有四十里是山路，只能用双脚走。那天，师母说，贾老师前两天扭伤了脚，还没好呢，要我们等贾老师脚伤好了以后再来。正当我们不知如何是好时，贾老师却坚定地要跟我们走。贾老师说，山路有什么好怕的，他自己就是从山路里走出来的！二十六年后的今天，被美国某大学聘为"终身教授"、在美国定居已十七年的哥哥，和已担任县交通局局长的我，能用自己的双脚走二十多里山路去拜见贾老师，无疑，两者是有千丝万缕的关系的。

那晚，贾老师和我们兄弟俩同睡一张床，一晚上几乎没睡觉。因为贾老师喝醉了酒，我和哥守着贾老师直到天明。

一晃二十六年过去了。

这次，我哥回乡是以"外商"的名义回来的。去年，我领导的交通局因没有完成县里下达的"招商引资"任务，我这个新任局长被新任县委书记狠狠地批评了一顿。今年，要是也没法完成三百八十万美元的"招商引资"任务的话，我的前景可就难以预料了。

总算"吉人天相"，做房地产生意的内弟给我出了一个好主意：资金由他想办法在本县筹措，然后想法转到国外去。"外商"由我想办法让我哥担任。事成之后，县里给"外商"的政策性优惠由我哥领取、内弟享受。经过周密的部署，我们各得其所。"大事"办妥以后，在老父的一再督促下，终于，我陪我哥来到了贾老师的祖居前。这是我哥出国留学以后首次来拜访贾老师。

"我的故乡并不美，低矮的草房苦涩的井水，一条时常干枯的小河，依恋在小村的周围……"忽然，从远处飘来了雄壮而沙哑的歌声。老村妇闻声

忙笑着对我们说："贾老师回村了,你们到村口看看去吧!"

渐渐地,映入我们眼帘的是,三只雪白的大羊首先从前面约百米外的山冈的树林中蹿出,四五只童羊尾随其后,而后一个清瘦的挥舞着羊鞭、吆喝着歌声、穿着一身灰黑中山装、散乱着满头华发的山民爬上了山冈。

"归来吧,归来哟,浪迹天涯的游子;归来吧,归来哟,别再四处漂泊……"忽地,半首分明有些走调的《故乡的云》从贾老师那沙哑的喉咙里向四周飘散开去。

我正要向前去迎接贾老师,不料,我哥却向后拉了我一把。

"我们躲一躲,还是不见为好……"哥边说边径自走开了。

我大惑,忙追上去问哥:"好不容易来到这里,怎么没见上贾老师就要走了? 不是白来了吗?"

哥说:"你又不是瞎子,怎会没见着他? 他的房子,他的身子,他的羊和他的歌,还有他的猴子……不是都看见了吗?"

我定了定神,问:"贾老师的猴子在哪呀?"

"不要用眼……要用心去看……你的身边就有一只……"哥的脸好像全是冰。

鞠躬

这是初冬的一个傍晚,西边的太阳虽还没有落下山,但也只有丈把高了。天上没有彩霞。太阳被裹着小刀子的北风磨得亮锃锃的,看去好像是十五的月亮。

想起自己最得意的学生宋连元三天没来上学,音讯全无,我不免加快了步伐。离考大学,数数日子只剩二百来天,怎能松松垮垮?我还盼望他明年考个高分,给我脸上贴贴金呢!虽是第一次去家访,人生地不熟,但我认定,只要翻过前面这个山岗,就快到宋宅村了。

撇下几棵零星的杂树后,我就上了山岗,只见前方三四里远处有两排村子,一左一右,相距二三里,皆是炊烟袅袅。我不知哪个是宋宅村,就想找个人问问。

四下张望,终于发现左边百步外的一块小农田里有一人在劳作。

我走了过去。这块小农田不大,大约不到一百平方米,种着糖梗。看到周围都是荒芜的杂草山地,我就认定这是"见油就揩"的吝啬鬼式的农民利用别人打情骂俏的时间摸来的外快。地里的糖梗一半多已翻倒,其余的也全部被剥光了身子,且砍了头。

我走到农人跟前时,见他正吃力地摇晃着一根糖梗,犹如七八岁的顽童在拔比自己身高的春笋。拔了多次,仍没将其拔出。其实,这根糖梗并不挺拔,倒是矮小,只是有些粗蠢罢了。仔细一瞧,这块地里的所有糖梗都是侏儒,没一根有我肩膀高,且枝枝节挨着节,明显是营养不良、青春期饱受干旱之苦的产物。我真怀疑,这些糖梗是否能榨出糖水来?拿到市场上,是否会有人要?我不知道,主人收割这些糖梗,是把它当作柴火,还是把它当作儿童玩耍的棍子出卖?

因要问路,出于礼貌,我叫了一声:"老伯!"

他没什么反应。在我叫了他四五声后,也没有应,我真怀疑他是否聋哑。直到我拍了拍他的肩膀后,他才缓缓转过身来——

我被吓了一大跳,像被触电一样本能地缩回了手,似乎老农的身上寄居着众多的病毒与病菌。

这位老农肯定是我见过的唯一的令我心颤的人。

他，身高不足一米四，像他的产品一样，也是侏儒，看去已有五十来岁，头发短脏灰白。那张可怖的脸布满了鸡皮疙瘩，比癞蛤蟆的皮还难看，枯燥不堪，胜过千年枯木。特别是那双患了严重白内障的眼睛，呆滞晦涩，毫无生气。我真怀疑，他虽立在我的眼前，但是否真的还活着？

他的手掌粗糙不堪，犹如千年古松的树皮。他穿着单薄，上半身只有一件又灰又脏的粗布衬衫，但我相信，初冬的寒针根本穿刺不了他那身粗厚麻木的皮肤！

我不由自主地伸开自己的手掌，欣赏起自己细嫩的皮肤、匀称的手指、光洁的掌背与掌面……我突然觉得自己的手是如此的美丽与健康，如此的充满活力与神气！

忽然，我很想哭。因为我发觉，面前老农的那双手，很像十四年前从建筑工地的脚手架上摔下而死的劳累了一辈子的舅舅的那双手；面前老农的那张脸，好像就是养育了五个姑姑三个伯伯一个叔叔、把桌上的鸡屎当作豆酱吃掉的爷爷的那张脸；面前老农的那双眼，不管怎么看，都像为筹子女上学费用日夜不停地纺麻线挣钱、却一直拒治眼病的老母亲的那双眼！

面前的侏儒老农，又去费力地拔他那侏儒的糖梗了。因为他不知道是谁拍了他的肩膀，也不知道有人叫过他。我终于肯定，眼前的老农是一名又聋又哑又瞎的人！

北风忽地卷起几张枯黄的糖叶，在我眼前艰难地翻动着，令我感到阵阵寒意。我退出农田，却忽地冒出一个可怕的念头，这个艰难活着的老农，会不会是我得意门生的家长？忽然，我恭恭敬敬地向老农鞠了三躬。这是我有生以来第一次真诚地向农民鞠躬，也是我有生以来第一次真诚地给脚下的土地鞠躬。

没走出三十步，我忽然清晰地听到后面有一个声音传来："喂，小伙子，你刚才是否叫过我？"

怎会有人说话？这老农不是又聋又哑又瞎吗？难道天底下真会突然出现奇迹？心虽狐疑，但我还是坚信自己没听错。

回头一瞧，一轮火红的夕阳正被西山顶着，在满天的晚霞的背景上映着一个顶天立地的黑黑人影，那片仍挺立着的糖梗在天幕中宛如一根根撑天的黑柱子——真似梦境一般，美极了。

面对突来的奇景，我不禁又深深地弯下了腰。

全民健身时代

话说当年兔大王与龟大王在公平山脚下赛跑。

由于兔大王骄傲自大藐视对手，在赛跑的途中睡了一个大觉，结果给世人留下一个千古笑柄。

回到兔王国，兔大王为了推卸责任和保住自己的名誉和尊严，竭力掩盖事实真相，只字不提途中睡觉之事，只是一个劲地赞叹"对方实力确实太强"。

兔将军闻言心里直纳闷：看那乌龟貌不惊人，四肢短小，平时行动总是"跟不上形势"的，怎会在赛跑时超乎寻常而爆冷门呢？为了解开它自己心中的疙瘩，兔将军决定向龟大王挑战。

龟大王收到挑战书时，全身直打哆嗦。它心里很明白，上次侥幸取胜，并非实力较量之必然结果。为了使自己的"天赐英名"不去"扫地"，龟大王称病不出。

龟将军不知天高地厚，以为"建功立业"的机会终于来了，遂替龟大王应战。

兔将军与龟将军赛跑那天,兔大王特意到阵前为兔将军饯行。

酒过三巡之后,兔大王举杯向兔将军祝愿:"祝爱卿赛场夺魁,为我们兔国扬眉吐气!"

兔将军感激涕零,大声发誓:"决不辜负大王之期望!"

赛跑途中,不知怎的,兔将军竟似失魂落魄一般。左冲右突,跌跌撞撞,连滚带爬……到达终点时竟只剩一口气了。在运回兔王国的路上,兔将军一命呜呼。

兔将军以身殉国后,一时间兔王国中再也无人敢去与乌龟赛跑了。兔大王还是做着它的兔大王。

时间过得很快。转眼就过去了十几年。忽一日,兔太子对父王说:"儿臣已经跟龟太子赛跑过多次,每次都是我赢他。为什么当年父王会输?儿臣真不明白?"

兔大王叹了口气,说:"乌龟本来就不是我们的对手,当年,父王输的原因是骄傲自大,在赛跑途中睡了个觉……"

"那,兔将军又怎么会输呢?"

"不瞒你说,那是父王为了保住自己的名誉和地位,在阵前给兔将军饯行时悄悄地在它的酒杯中下了毒的缘故……"

"真想不到父王你会如此卑鄙!"兔太子情绪有些激动。

"唉——人在江湖身不由己啊。不如此,我还能保住王位吗?不如此,你还能当太子吗?父王已经老啦,这江山不久便是你的了。父王这样做还不都是为了你吗!"

"可,瞒得过初一,瞒不过十五呀!总有一天真相是要败露的啊!"

"唉——这些年来,父王时时为这事而烦恼呢?我们要是保不住这个王位,就会成为罪人沦为阶下囚的。你有什么好计策的话,马上告诉父王……"

一日,龟国派遣一位特使到达兔国,说是来洽谈"转让祖传快跑秘方"事宜的。

很快，以兔太子任董事长兼总经理的"龟国益智健身药丸开发集团"正式开业。

在开业庆典宴会上，兔太子举杯一语双关地向兔大王说："有了龟国益智健身药丸，兔王国永葆繁荣昌盛就不成问题了！"

兔大王闻言，忽觉胸口隐隐作痛。含有慢性毒药的龟国益智健身药丸是否一定能够保住兔王室的繁荣和昌盛呢？为了保住王室的体面和权势竟要毁坏一个王国……

兔大王禁不住直打寒战。不知是喜是悲，兔大王一时多喝了几杯酒。是夜因心肌梗塞而驾崩。

第二天，兔太子便登上了大王的宝座。

新大王立下家训："决不给祖宗丢脸。"

从此，兔王国便正式进入了"全民益智健身时代"。

老许

老许又一次晕倒在讲台上了。

等他醒过来时，村长已经坐在他的床前了。他仅有的六个学生也端端正正地排列在他的床前。他自从十七岁开始在这个山区村小教书起，至今已有三十一个年头了，然而每届学生数从没超过十人的。一个学校也就他这么一位老师。整个学校的一切事务全由他一人承包。

"许老师,你终于醒过来了……"村长含着泪花,紧紧握住老许的手。村长也是老许教出来的学生。

老许示意孩子们离去:"……看来,我这次是真的不行了,可我不甘心哪……"

"你为家乡的教育事业呕心沥血,累成这样……"

"说句真心话,家乡……这穷山恶水的,我可从没真正爱过它呀……我当初选择教书这条路,目的却是……为了能飞出这个山窝窝……"

老许平静地告诉村长,自己之所以一心扑在教育事业上,目的只有一个,那就是想凭借自己的"实力"冲出大山去。可是,人,一旦获得了许多"崇高"的荣誉后,申请调动到城里去的报告,却一直不敢交到上面去。老许又告诉村长,自己之所以至今没能结婚,并非"一心扑在教育上",而是想飞出大山后再生儿育女,免得拖累下一代。老许还说,要不是这穷山恶水的,自己的病定能医治好。老许最后一再强调说,他刚才说的这些话,千万别让别人(特别是孩子们)知道。

"我要是死了,尸体请给我送去城里火化,骨灰就安放在城里的殡仪馆里好了。"

村长说:"你要是'走了',我一定将你的坟墓安置在这所学校的国旗杆下,好让人们永远记住你……"

"不,不!……我活着不能进城,死后你就让我做个城里居民吧。算我求你了,你一定要答应我。"

村长终于默默地点了点头。

老许真的死了。

但村长最终却没能将老许运去城里火化。原因是去城里要翻过七座大山,很不方便,没有天大的理由怎能将一个尸体运去城里呢。当然,更重要的原因还是村长怕损害老许已经拥有的崇高形象而不愿将老许的遗言告诉村民。

要是将许老师的遗言公之于众,他这一辈子不是白干了吗?人们听了许老师的真心话后，还会敬重许老师吗？还会看重许老师的遗嘱吗？村长心想，人来到世上还不是为了一个"名"吗？

老许的墓终于坐落在通往城里的路口边上。

每年的清明、冬至日，村长都去扫墓。

令村长惶惑的是：许老师怎么从来不来托梦呢？

女儿的答案

东伟生自费出了一本"百货式"文集《前吐下泻》，便觉得自己是知名作家了。

这天，东伟生特地早早地吃了晚餐，拎着十余册样书和两盒礼品，踌躇满志地去市作协常务副主席张三先生家，要讨一张市作协会员申请表。不料，张三外出开会不在家。家里只有张三的孙子毛毛（念小学四年级），正愁眉苦脸地做不来家庭作业，见"写书的"常客东伟生进去，便似抓住一根"救命稻草"一样将其缠住。

"叔叔，叔叔，老虎要吃谁？你帮我想想……"

原来，毛毛的作业是：有三个老同学上山游玩，其中一个是当官的，一个是办厂经商的，一个是教书的。因暴雨突至，三人遂躲进山洞。不料，洞内有一只饿虎……请问，如果老虎要吃一个人的话，老虎会吃谁？看完题目，东伟生禁不住倒吸一口冷气，心里暗暗叫苦：这种怪题还是头一次见到，今

天岂不是要在十岁毛孩面前丢脸？

在毛毛的穷追猛问下，东伟生来了个缓兵之计："哪个先进去，哪个就会被吃！"

"那么，哪个会先进洞呢？"很快，毛毛就把皮球踢了回来。

"让我想想……最怕雨的会是谁呢？噢……对了，一定是那个当官的！"东伟生突然很兴奋，觉得自己解出了一个大难题。东伟生分析道，如今的当官人，全坐在办公室里办公，不但怕风怕雨，还怕冷怕热，不但办公室里要装空调，就连上下班途中坐的汽车也要装空调。如此娇生惯养之人，一旦在山上突遇暴风雨，怎会不抢先躲进山洞？

正在东伟生夸夸其谈之时，曾资助五万元给东伟生出书的同学李大打来手机。李大说，他正在饭店请市长吃饭，准备圈一块地搞厂房二期扩建工程，二儿子在家做作业，叫他过去辅导一下。对于李大，东伟生可谓是爱恨交加。说"爱"，是因为李大曾多次资助过他，不但出资送他进北师大作家班深造，而且还出资圆其出书梦；说"恨"，是因为李大经常以"恩人"身份使唤他，不但随时要东伟生写各种"材料"，而且常常要东伟生给"二公子"做家教。虽然东伟生肚里憋着气，但他还是遵旨很快来到"二公子"身边。

真是怪了，"二公子"做不来的作业居然与毛毛的作业一模一样！不同的是"二公子"是五年级的学生。东伟生突然觉得他肚子里的气有地方排泄了。东伟生对"二公子"说："老虎肯定把办厂经商的人吃掉！"

"二公子"睁着天真的亮润润的双眼问："老虎怎么认识办厂经商的人？"

东伟生说："现在的中国，发大财的人都是办厂经商的人。有了钱，既吃得好，又穿得好。吃得好，睡得好，身体棒……就是走路、说话的声音都比别人响——成语里说的'财大气粗'是也！你想想，进了山洞，声音弄出最大的，老虎会不格外关注？身体棒的，其肉的味道一定特别好，老虎怎肯轻易放过？"

从"二公子"家出来，东伟生心情格外舒畅，一路哼着小调回到了家。打开房门，尽管时间已是晚上十点一刻，然他的女儿仍在做作业。念初一的女儿见了他，忙嚷嚷作业做不来。

东伟生接过本子一看，差点傻了眼：怎么又是老虎吃谁的问题？学校、班级各不同，而问题却相同，这令东伟生大跌眼镜！东伟生忽然觉得，当前的教育实在是一道难题、怪题，令人不知所以。

东伟生对女儿说："老虎肯定吃掉老师！"其理是，老师既没有当官者处变不惊的胆略与才能，也没有经商者规避风险的灵巧与敏锐，手无缚鸡之力，眼无洞世之功，在残酷的现实争斗中，不遭淘汰才怪呢！

次日，东伟生问放学回家的女儿，昨晚作业的成绩如何？

女儿说："今早把答案改了，若把老师吃掉，老师肯定不高兴！果然'吃老师'的，都得零分！"

东伟生问女儿的答案是什么？

女儿神秘地一笑后说，老虎没吃人，最终被饿死！理由是，如今人满为患，老虎濒临灭绝！老师的评价是：及格！

金箍棒

孙悟空历经千难万险保护唐僧去西天取得真经。成了正果后，自度再也用不着金箍棒了，遂将它还给东海龙宫，竖回原处。

不知过了多少年后，孙悟空闲来无事，遂重游东海龙宫。当他来到十几围粗的镇海之宝——金箍棒面前时，不禁手痒起来，想再耍弄一回棒技。于

是他念动咒语,叫道:"小、小、小……"

叫了半天,金箍棒一点也没有变小,悟空心里焦急,暗忖:技不如前了?心一慌,再次念动咒语,慌乱中竟将"小、小、小……"念成了"大、大、大……"

只见金箍棒随着"大、大、大……"声越变越大、越变越高。

试了多次,孙悟空乃知金箍棒只能变大不能变小了。悟空乃问龙王:"一根铁物,为何也只爱听大话了?"

龙王笑道:"神物有灵性,它爱听大话想必与大气候有关联……"

悟空搔了搔后脑勺,说道:"老孙要是晚出世,岂不是难成正果?"

龙王说道:"大圣多虑了,如今根本用不着金箍棒了,只需学会说大话便能成正果的!"

恐惧创新

忏悔

谁能料到，十一岁时写的一篇日记竟能影响我的一生。

事情是这样的。那年，我从父亲的上衣口袋里偷走了十元钱。这十元钱是我父亲从别人那里借来给母亲看眼病的。而母亲为了省点钱偏偏不领父亲的情，没有去看医生。钱被我渐渐地花光了以后，母亲的眼病便渐渐地越来越严重了。后来，母亲的一只眼睛便永远看不见东西了。

每当听到父亲咬牙切齿地大骂偷钱贼时，每当母亲流着眼泪自叹命苦时，我的心就禁不住战栗。想不到的是，我的诚惶诚恐竟被大人们褒奖为："小小年纪竟如此懂事！"为此，我更增添了负罪感。

那天，我终于再也压抑不住自己良心的冲动，流着眼泪将偷钱的事写在老师布置的"日记"里。我想，被老师训一顿，让母亲咒一宵，挨父亲一顿打，或许能减轻一点自己的罪过。"日记"交上去后，我便硬着头皮铁了心，等待得到应有的惩罚。

可令我万万没有想到的是，老师不但没有狠狠地训斥我，还夸我是个"勇于承认错误的好学生"。老师还一趟一趟地到我家里来，很得体地将我偷钱的事诉说给我的父母亲听。并一再诱导、劝说我的父母亲，说我是个懂事的"好孩子"。

最后，母亲竟然真的眯着那只什么也看不见的眼睛说我是个"好孩

子"，并说"有你这么一个好孩子，即使两只眼睛都看不见了，做娘的也心甘情愿！"

此事对我震动实在太大了。我始终弄不明白，我没有将做错事的事实真相说出来以前，老师、母亲没有说我是"好学生"、"好孩子"，而当他们都知道我确实做了错事以后，反而说我是"好学生"，"好孩子"了呢？我困惑不解。

二十四岁那年，我与妻子结婚了。婚后不久，我便渐渐地发觉"外面的世界更精彩"。那天，我终于和一位很性感的女人好上了。几度恩爱以后，我又渐渐地发觉"女人尽管包装、商标各异，但本质是一样的！"于是我便渐渐地感到我愧对妻子。特别是我实实在在地感到自己的妻子确实是一位中国祖传式的贤惠善良的好妻子时，少时的那种偷钱负罪感便悠悠地袭上我的心头。那日，我终于真诚地跪倒在妻子的脚下，真诚地向妻子忏悔……

妻子泪流满面，娇滴滴地哭诉："我早已知道你有外遇了，但为了孩子，为了这个家，为了……"

妻子最后竟柔情万般地搂着我的脖子说："你是一个好丈夫！"

天哪！我是好丈夫？我一下子懵懂了。我明明有负于妻子，怎么忽地却成为"好丈夫"了呢？联想到少时的偷钱，我忽然领悟到：要成为一个好人，关键并不在于做出多少好事来，而在于会犯错误和犯错误以后的忏悔！

我惊喜地得出一个定理：好人＝犯错＋忏悔。于是，我似乎明白了自己为何一连四年主持科室的工作却仍只是一个副职的原因了。于是我毫不犹豫地挣脱开妻子的束缚，半夜三更敲开主任的家门。我超常的举动惊起主任全家的人。我声泪俱下地在睡眼惺忪的主任一家人面前忏悔自己的罪过："我不该与李某某、张某某等人一道，背地里常说主任的坏话；我不该因一连四年主持科室工作仍是副职而常常对主任的指示阳奉阴违……我不该时至今日才认识到自己的错误……"

尽管那夜主任对我的忏悔显出无动于衷的样子，但我坚信：我那天的"半夜敲门"功绝不会白劳。此后，我又经常地利用一切机会在主任面前一再地忏悔自己的罪过。

诚如所料,三个月后,我梦寐以求四年的"正"字终于稳稳地降落到我的头上了,并欣喜地获悉主任在我的背后夸我是个德才兼备的"好干部"。

前个月,机关干部统一体检。查出主任患了肝硬化。据说主任他自己已向局里呈交了一份要求辞职养病的报告。我获悉后,这些天老是在琢磨:我该到局长面前去忏悔点什么?

新闻时代

黄克庭是写微型小说的。虽说在微型小说界有点名气,但他总觉得自己的想象力远没有真实社会这般丰富精彩、光怪陆离与耐人寻味!这一感悟来自于两个月前他伯伯的一场家庭纠纷。

这场纠纷被搬上了县电视台的《新闻广角》!从电视上黄克庭看到,满头华发满脸沧桑的伯伯凄惨地站在北风劲吹的家门口,哆哆嗦嗦的嘴角断断续续地吐露着他的遭遇——今年79岁的他,被小儿子赶出了家。他的面前零乱地堆放着棉被木箱小桌餐具衣服等一系列日常生活用品——这些东西全是不孝的小儿子强行"扔"出来的!

伯伯有五个儿子,大儿子因长期生病而未老先衰,比父亲还虚弱;二儿子做了别人的上门女婿,虽开着家庭工厂有自驾小车,却很少回老家去看看;三儿子、四儿子都下海经商,年收入不会少于十万元,日子过得滋润;

小儿子虽一直在农村,但由于承包了三百亩山地开发食用笋,日子也红火。二十五年前分家时约定,伯伯、伯母挂靠到小儿子家,前四个儿子每人每年出八十元,作为父母的生活费付给小儿子。三年前,伯母去世。由于小媳妇嫌伯伯脏,伯伯只得另起炉灶自己一个人过日子。前四个儿子见伯伯已经独居,就把生活费直接给了伯伯,不再把钱付给小儿子。这下,小儿子觉得亏了:伯伯住着他家的房子,却没有人付钱给他!这房租费岂不是白白丢了?前些年,无外来人口,房子没人来租用,小儿子没往这方面去想。如今,外来人口大幅增加,去年已超出本地人口,房子增值很快,房租费也如雨后的春笋般快速拉升——二十平方米的住房五年前年租金不足八十元,如今年租金必在一千五百元以上。小儿子把"房租费问题"多次提交给四位哥哥,却没人理睬,结果当然惹恼了小儿子!于是,伯伯就被"扫地出门"了!

面对电视台记者的采访,小儿子先用左手理了理额前的头发,然后抓过记者手中的话筒,振振有词地说:"爸爸生养了五个儿子,每个儿子都有赡养的义务!分家后,爸爸在我家住了二十五年,以前从没闹过矛盾,能说我不懂孝道吗?如今,已是法治社会,不是封建社会了,有理就可以讨个说法!我要强调的是,我的哥哥们,也应该尽尽孝了!"

真是天方夜谭!要不是真凭实据,要不是同宗同祖,黄克庭是无论如何也想不到世上会出现这种"拍案惊奇"的故事的!

前天,黄克庭特意从小县城回到乡下老家,去了解伯伯的最新境况。在村口,许多乡人围住黄克庭,忙着道喜:你们黄家真是出尽风头了!全村三百零二人,上过电视的就只有你们黄家!(全村只有七户姓黄)你们黄家真是有本事啊,既得名又得利!说得黄克庭脸上红一阵黄一阵白一阵的!

原来,电视播出后,乡干部就进村调解,伯伯的小儿子不肯让步。无奈,村干部只得将闲弃着的村仓库整理一下让伯伯住进去。结果,当然惹红了许多人的眼睛——因为仓库的面积比伯伯原先的住房大了两倍多!

娘风尘仆仆地赶来,终于把黄克庭从人堆里"解救"出来。到僻静处,娘狠狠地擤了一把鼻涕后,气愤地说:"脸皮都不要了!伯伯住进仓库后开心得不得了！走起路来整个身子都摇摇摆摆了！黑块（伯伯小儿子的乳名）上了电视后，天天来问，你几时会回来？他要跟你比名气哩！你写小说出了名，可只上过县里的电视，黑块将爷赶出了家，县里市里省里的电视都放了！黑块比你更出名哩！"

黄克庭禁不住笑了："哪有这样比声名的？谁要跟他比声名了？"

"黑块要跟你比！你今天回来干吗？家里不要去了，就回去吧，省得撞见黑块！"

娘正跟黄克庭说着话，忽然，背后传来了中气十足的黑块声音："蓝点（黄克庭的乳名），几时回来的？夜饭到我家吃好了！我有话跟你说！"

黄克庭闻声一怔，"蓝点"这乳名自从其考上大学后（至今已二十五年了）从没人再叫过，以前一直叫他"五哥"（两人出生时间只差二十三天）的"黑块"怎么会这样叫他呢？

回头一看，黑块正两手叉腰挺着肚子盯着黄克庭频频点着头——发笑。

作为以虚构与夸张为职业的黄克庭又惊呆了——现实社会，真是精彩得难以想象啊！

满足

"叮咚，叮咚，叮咚……"

凌晨四时左右，刘局长正欲进入梦乡，不料门铃声却响个不停。

刘局长哈欠连连地打开房门，满脸堆笑、圆脸圆眼的同学罗起生闪了进来。罗起生冲着刘局长喊叫："怎么今天你还想睡觉？这么难得的机会不闹个通宵？大学毕业二十周年的聚会难道就这样独自关门睡觉？"

刘局长忙从茶几上抓起一包烟，递给罗起生，笑道："世事如梦，人生苦短，二十年就这样一眨眼工夫过去了！我今天开完会才赶来，虽然迟到了十三小时，可毕竟大家都见着了。难得啊，全班四十三名同学都来了，一个不少，二十年了，真是高兴呀！"

"既然高兴，何不认真聊聊？亚妹还在舞厅里眼巴巴地盼着你呢！"

"唉——"刘局长狠狠地吸了一口烟，叹了一口气，"明天还有一个会等着我，算算时间，也只有四小时了……本想闭一会儿眼，又给你搅了。我想，你总不希望你的大学同桌疲劳驾车回去，路上出意外吧？"

想想刘局长从二百公里以外的B城匆匆赶来聚会，而且马上又要回去，罗起生也有些感动。罗起生说道："真是无官一身轻哪，像我，多自由呀！只要我自己同意，要来就来，要走就走，谁也别想阻挡我。"

"你下海下得早，明智！我真是越来越佩服你了。"刘局长摁灭烟蒂，笑道，"老同学了，有事尽管说，今天你来敲门，不会没事问我吧？"

罗起生嘻嘻一笑，说道："开门见山，说明白了我就走，不耽误你休息。今天，张三说的发财经，我信！李四说的包二奶秘诀，我信！王五说的替同学搞'政变'的事，我也信！可是，你说的升官记，我无论如何装不进肚子里！你说，你一无背景二未行贿，仅凭考试成绩，就正儿八经地从'公开招聘'的大门进去，坐上了局长的宝座，竟然将有市委副书记做后盾的同班同学蒋有山刷了，其中的玄机，我倒是很感兴趣！"

"我的事，与你盐无份、油无份，深夜敲门，总不至于为这件事吧？"

罗起生斩钉截铁地说："就这事！我摸爬滚打了十七年，走后门送礼送了十七年，从没碰到一桩退礼的。送了不少，当然得到的更多，不瞒你说，现在本人家财至少有五百万。钱，对我来说，已失去了诱惑力。我不会为了钱而去麻烦任何一个同学的。但我希望，我的同学二十年后仍能说真话！"

刘局长在确信罗起生的话语后，一本正经地告诉罗起生，八年前，他确实是在"一无背景，二未行贿"的情况下入主局长宝座的。事后才知，参加角逐的六名候选人，其中五名都具有"市委常委及以上领导"的靠山，就他"一清二白"，可结果，偏偏是他中了榜……

　　罗起生忽地一拍大腿，说道："对了！对了！我明白了！鹬蚌相争，渔人得利。有靠山的太多，摆不平，于是，没靠山的反而得利！真是人算不如天算，老天有眼呢！"

　　没等刘局长相送，罗起生犹如当年攻克一道奥林匹克竞赛试题一样，已经一脸满足地走出了房间。

　　"……百分之百的真话，你就是不信，半真半假的话，你倒深信不疑……哎，我的善解难题的老同学啊……"望着远去的罗起生的背影，刘局长一脸无奈地摇了摇头。

离别龙钟城

　　不知从何时起，书法界流传出"未入龙钟城，难算学书人"这句话，意思是说，要想自己的书法在世上有一定声誉，就必须到龙钟城举办书法展销会。否则，不管你的书法造诣有多深，世人都不会认可。为此，众合市的占山市长很想圆一圆"入主"龙钟城的梦想。

　　其实，占山市长的书法确实已非同一般。他六岁开始学书；三十六岁时

凭真功夫荣获全国书法比赛青年组第一名;四十六岁当上局长后,其书法作品开始走红;五十三岁上任市长后,其书法作品不但价格一路攀升,而且一直供不应求。然而,令占市长一直耿耿于怀的是他从未到龙钟城举办过书法展销会。这从某种意义上说,占市长的书法虽然走俏,但还未"入流",还不够上档次。

今年国庆节放长假期间,五十九岁的占市长终于办好一切手续,踌躇满志地进入富丽堂皇的龙钟城举办书法展销会。他想,在卸任前了却夙愿,可谓死而无憾了。

开展那天,占市长情绪非常激动,一大早就来到令书法家魂牵梦绕的书法圣地展销大厅等候"热烈、隆重、壮观"的抢购场景出现,因为占市长知道,这次一百零八名参展者中数他官职最大、朋友最多。

然而,世事难料,龙钟城毕竟不是占市长所管辖的众合市。令占市长万万想不到的是,那"热烈、隆重、壮观"的场景,竟不属于他,而属于与他只隔八个展位的华阴先生!令人惊讶的是,除华阴先生的展位外,其余一百零七个展位皆门可罗雀!

占市长在好奇心的驱使下,终于撤出自己的"阵地",穿过里九重外九重的人墙,满头大汗地挤到了华阴先生的面前——

"……爷爷是个小乖乖,小乖乖就该听孙女的话,'文'字下面还要添上一撇一竖才能变成'齐',我闭上眼睛数一二三,你马上添上一撇一竖,写好后一定给你买'小妞儿'吃……"一名鹤发童颜的富态老婆婆像哄四五岁的幼儿一样跟华阴先生说话。满脸长着老年斑,皮肤像蛤蟆皮,深陷的眼眶内一双浑浊的眼睛不住地眨巴着的华阴先生神情木然地坐着。

"让爷爷歇息吧,他今天已经写了十二幅字了,超标了,再折腾下去,爷爷明天恐怕不会再写字了。"站在华阴先生身后的瘦长老头说道。

"不行!这一撇一竖不加上去这幅字就没法卖,岂能功亏一篑……爷爷是个小乖乖,小乖乖就会听孙女的话……"

占市长终于发现,华阴先生不但智力只有四五岁幼儿的水平,而且其字也只有四五岁人的水平。华阴先生之所以"独霸"龙钟城，并不在于他的书法技艺，而在于他的年龄——原来华阴先生是一位世上年龄最大的寿星，今年他已经一百六十八岁。他的书法（如果称得上书法的话）作品千篇一律，任何时候都只写四个字：向我看齐！然后再加印一枚"风流人物华阴先生亲书"印章。

离别龙钟城，占市长也高价买回一幅"向我看齐"作品。他想，自己倾毕生精力练书法真是太"书生意气"了。他觉得，上了一回龙钟城，明白了一个大道理。从此以后，他把所有的精力都用在了健身上。

等下任村长

1994年的一天。吃好晚饭，王福来的父亲躺在门前的槐树下的摇椅上歇息。看见背着吉他，跨出家门的儿子，吐了口烟后叫道："福来，过来。"

"啥事？爸。"

"你爸，这两年当了村长，为村里铺了水泥通道，造了水塔，家家户户都用上了自来水。你，进大学念了两年书，学会了些什么？"

"水泥通道、水塔、自来水，这些又不是你做的。"

"什么？你说什么？这些不是我做的，难道是你做的？"躺着的他不知何时起已坐了起来。

"爸，我是说，这是历史发展的必然现象，这叫形势。人类总是不断进步

的嘛。"

"混账！我还从来没听说过你这种混账话！什么叫必然？什么叫形势？为什么东村你姑姑家至今还没点上电灯？为什么南村你外婆家至今还是没有自来水？"坐着的他不知何时起已站了起来。

"好了，好了，爸，我不跟你争。你当村长这两年来，我们村子麻将多了多少？赌博的人多了多少？制造冒牌伪劣产品的家庭工厂多了多少？这些都是你的功劳吗？"

"胡说！搓麻将哪个村子不成风？赌博的人难道只有我们村子才有？电视上不是说，国有企业都制造冒牌伪劣产品吗？！难道这些都是我的缘故？"

"不是，爸，你别发火，我是说，这就叫作形势！"

"噢，你这小子，这两年就学这些油腔滑调的东西？这些也算'本事'？"

"爸，人不能把好事记在自己的功劳簿上，坏事就记在人家的簿子上。书上说，历史是人民创造的，当然你也是人民中的一员。"

"放屁！学这些油腔滑调顶用吗？能填饱肚子吗？人家县委书记为啥表扬我？为啥给我发奖金发奖状？你没看见，如今政府正在重奖有功人员吗？我说，福来，你这小子，别读书读糊了！不要学这油腔滑调的东西，要学点真本事！"

"爸，不跟你争了，秀才遇到兵，有理说不清。不过，有其父必有其子，你别小看了你儿子，我也不是泥捏的。我这大学也不是白读的，我早就想好了，为村子办点实事。"

"你说什么？再说一遍……"

"我为村里装个水塔水位自动控制器，不要人开，也不要人关，保证随时有水用。"

"你能行？"

"当然，五天内保证做好，否则我就不是你儿子！"

"费钱吗？"

"最多两百元！"

"好！哈哈哈……没有白养你。"

夜深了。福来他爸见儿子还在房子里独自一人在画水位自动控制器的图纸，几欲推门进去总又忍下。最后，还是推门进去了，拍拍儿子的肩膀说："歇吧，自动控制器咱不装了。"

"啥？爸，你说啥来着？"

"本来这开、关自来水的事是照顾给你那缺条胳膊的叔叔的，每月工钱二百元。你叔叔听说要装自动控制器后就跟我哭着来了。装了自动控制器后叫他到哪领工钱去？"

"那，这自动水位控制器就不装了？"

"不装了，要装也要等到你爸下台时……"

"等下任村长？"

…………

鼠害

方教授将一顶编号为"GUAN"的帽子戴在一只病得奄奄一息的老黄鼠M的头上，顿时，激动人心的场面出现了：只见实验室里一千两百零五只黄鼠中的九百八十九只像得到命令一般，立刻朝M聚集过来，排成队，先是逐个给M磕头，然后分开忙碌——有的寸步不离地守候着，有的忙着去找治病的黄鼠大夫，有的忙着找高档滋补品，有的忙着找美味佳肴，有的忙着找

进贡的"小蜜",有的……

遗憾的是,众黄鼠因老黄鼠M病入膏肓而无力回天,经一番折腾后M还是咽气归西了。尽管M尸体已寒,那些忙了一阵子的黄鼠们仍悲悲切切地聚在M身边不肯离去。

方教授将"GUAN"帽子从M头上摘下,霎时,那些原本有些恍惚的黄鼠们像死因犯接到大赦令,立刻欢快地四散而去。

"我成功了! 我成功了! "方教授攥紧拳头,举起双臂,高呼道,"我终于成功了! "

方教授待怦怦心跳稍微缓和了一些以后,将"GUAN"帽子戴在一只刚出生不久的小黄鼠D上。结果是,原先那种不可思议的场面又神奇地出现了。

"这真是太神奇了,太……神……奇……了! "在边上一直做冷眼旁观状的方教授的一百八十八岁的儿子兴奋地说,"亲爱的爸爸,这种帽子给我也做一顶,让我们方家子子孙孙都风光下去! "

方教授闻言,竟木呆了,半晌后才说:"我们人类可戴的帽子还少吗? 我倾毕生之精力发明鼠辈们戴的帽子,目的是让人从中悟出一个道理,崇拜帽子是多么的荒唐可笑。"

二十年后,方教授的儿子发明了一种系在黄鼠腰间的牌号为"QIAN"的袋子。这种袋子能使拥有者趾高气扬,没有者见之会不由自主地缩胸弓背弯腰,连那些戴着"GUAN"帽子的黄鼠也难免其害。

方家父子的两大发明成果投入市场后,人类的生活被改变了。业余时间,人们总是躲在家里玩老鼠,一会儿给这个老鼠戴帽,一会儿给那个老鼠系袋……

老鼠的智力实在让人称奇。起先,老鼠们只是盲目地崇拜帽子和袋子,围着那两件东西团团转。后来,老鼠们为了那两件东西展开了可歌可泣的巧取豪夺、钩心斗角、尔虞我诈的争斗,弄得每家每户每天都有上百只老鼠为抢帽夺袋而丧生。

于是，有好事者便以拍鼠戏为生。此后，地球上养鼠业得以长足的发展，鼠尸污染成了一大公害。

白开水

H小镇的北面路口有两个茶摊，对面而设，相距不过十来米。

朝东的那个是一位老太婆所开，已有四十来年"摊龄"了。朝西的那个是一位瘸脚的姑娘所开，"摊龄"还不足半年。她们两个摊都以经营白开水为主。

因为来小镇赶集的人大多是乡下人、山里人，他们手头都有些拮据，对于那些在电视上经常出现的"易拉罐"和城里人常喝的"矿泉水"，他们似乎是"绝缘"的。因为两碗白开水毕竟只需花一角钱，经济实惠。

不知是何缘故，朝东的那个老太婆渐渐地发觉自己的"正宗"生意，越来越不如对面的那个瘸姑娘。

有一天，老太婆悄悄地拉住一位以往总是在她摊位上买白开水，如今却总是到"瘸脚摊"上喝开水的农夫问道："嫌俺老了？"那个农夫回答说："她的开水比你的开水来得凉爽！"

症结找到了，老太婆便尽量增长凉开水的时间。然而不管老太婆如何努力，"瘸脚摊"的开水总是比她凉爽一些。为什么呢？取的是同一口水井里的水，怎么会不一样呢？老太婆心想，难道烧开水也要找科学？

俗语说"同行是冤家。"老太婆心里明白，要学对手的手艺，只能秘密进行。功夫不负有心人，瘸姑娘的开水"凉爽"的奥秘终于被老太婆揭开了——原来她卖的开水根本没有烧，从井里取上来便立即"上市"了。

老太婆恨恨地骂道："瘸了一条腿，还不怕罪孽深！"

此后，老太婆逢客便悄悄地说："瘸脚摊的水是没有烧过的，别去吃！"

然而，客人好像不在意她的话。有的当面回敬道："生意各自做，别去诬陷人家。"有的甚至说道："谁又能保证你的水是烧开过的呢？"

老太婆的生意还是渐渐地暗淡下去，瘸姑娘的生意当然是渐渐地红火起来。

终于，有一天，老太婆也将井水直接摆到茶摊上当作"开水"出卖了。晚上老太婆一夜睡不着。心里想道，自己一辈子没做过亏心事，要是有客人喝了不曾烧过的井水而得了什么病，岂不是自己的罪过？翻来覆去睡不着，老太婆索性起床烧开水。不料，脚下被什么东西绊了一下，摔了一跤，竟骨折了，半晌爬不起来。

老太婆禁不住哭了起来："老天爷，我只卖了一天井水，难道就要遭到报应吗？老天爷呀，你，不公平呀！"

恐惧创新

9 岁的儿子令我惊喜。

话还得从头说起。那天，五岁的外甥来我家玩，儿子要我放 VCD 碟片给他们看。我忙乎了半天，能听到非常吸引人的宇宙大战喧闹声，但电视屏幕上只有一些捉摸不定的黑白带，却始终不见完整的画面。外甥终于克制不住看不到画面的愤怒，抱住我的大腿，在我的屁股上狠狠地咬了一口，并且还示威般地大哭起来。

我说，VCD 机器坏了，又不是我有意不给你们看，干吗咬我？

外甥可不跟我讲理，还是哭闹不休。时至午餐时间，妻子要我先吃饭，饭后马上去修理 VCD 机。

正当我在阳台上一个劲地与外甥"谈判"时，儿子从客厅匆匆跑来告诉我："好了，好了！有影了！"我走过去一看，发现电视上果真出现 VCD 影像了。我惊异地问儿子，怎么会这样？儿子说，他只是将 VCD 的输出线拔下后重新"试插"了几次，画面就出现了。

我认真地查看了一番机器连线，发现儿子将 VCD 输出线中的一根插入了电视机视频"输出"的端子上（按理，这根线应插入电视机视频"输入"端子上）。此时，我忽然记起，这台电视机昨天刚从修理部取回来，想必修理师傅粗心，将"输入"与"输出"的线接反了。儿子不懂事，不知"输入"与"输出"的区别，因急于看电视，不管三七二十一乱插一通，竟被他蒙对了。

妻子十分兴奋，连连夸奖儿子聪明、有创新精神。此事对我震动很大，我禁不住感叹，自己一辈子循规蹈矩，按部就班，不知错过了多少好机会？为了儿子不走我辈的老路，第二天，我与妻子郑重其事地给儿子发奖：一次性奖金二十元，以后每周一发奖金三元；若再有"创新"，重奖。

想不到，上个月，儿子又得了一笔奖金。那天，我与妻子正在收看电视连续剧《大法官》，忽然电视画面上出现严重的竖条干扰带，以致电视画面根本看不清。我禁不住直骂娘。儿子闻讯后，兴趣盎然地来捣弄电视了。我笑着对儿子说，这回你运气可没上回好了，这是外面有电磁波在干扰，问题根本不在我们家里，你这样捣弄是拿不到奖金的。

哪知，儿子不管我的忠告，胡乱捣弄一阵子后又成功了。当他将有线电视的传输线插头，从墙上 TV（电视）插孔拔下后，插上 FM（调频广播）插孔时，电视画面就正常了。反复试验后证明，儿子的"创新"是正确的。当夜，我跑到电视修理部，买回一只 FM 专用插头，换下原来的 TV 专用插头。这回，我们给儿子发奖金五十元，并决定以后每周加发两元奖金。

上周日上午，我家的电脑因被病毒感染而瘫痪了。我非常痛心。再买一台电脑，花钱，我倒不在乎，只是原先花了自己大半心血的存储文件丢失了，很痛苦。然而，儿子好像很兴奋，以为又有机会"创新"了。于是，他又去捣弄电脑了。

只见儿子胡弄一阵子后，将电脑输入线从墙壁上拔下，忽地将其插入 220 伏电源线的插孔内——说时迟，那时快：一道火光从电源线插孔蹿出，沿着传输线直扑电脑……

我被吓得脸煞白，儿子也慌了手脚，连忙抛掉手中的电线，惊呆一会儿后大哭起来！幸运的是，儿子的手掌只是被电火花灼出七八个血泡。

惊魂稍定后，我语重心长地对儿子说，创新，首先要在保证安全的前提下进行，绝不能拿生命开玩笑。儿子似懂非懂地点了点头。话一出口，我又暗骂自己：世上哪有不冒风险的创新？创新，本身就寓含着危险、奉献、牺牲呀！

晚上，正当我躺在床上回味白天的恐怖情境时，儿子兴奋地告诉我，电脑一切正常了！

我闻言，像触电一样惊起，一把抓住儿子，狠狠地扇了他两巴掌："你还敢去捣弄电脑，真不要命了？"

儿子从没见我发过这么大的火，尽管半个脸已被我打红肿，可并没有哭。

尽管原先丢失的那些电脑数据果真神奇地被恢复了，可我不但高兴不起来，反而忧心忡忡。

这一夜，我翻来覆去睡不着。次日一早，我对儿子说，从今往后不准再去搞"创新",从今天起,原先的奖励办法取消!

儿子"哇"地大哭起来:"你……不是……要我做……科……学……家吗?"

我只觉喉头阵阵发紧,轻轻擦了擦儿子的眼泪说:"爸爸只有你一个儿子,从今以后,只要你保证不再搞"创新",奖金加倍发……"

Yao Bu Pian Ren Ye Zhen Nan

要不骗人也真难

证词

　　孔乙己被妙龄女郎领进红楼神堡的第 WP188 陈列馆，只见约有半个足球场大小的陈列馆内挂满了大小不一、规格不一、色彩不一、面料不一、风格不一、文字不一、年代不一的各种条幅。进入馆内，犹如进入柳树林。那一挂挂字幅犹如弯腰垂头的柳枝，不断地挠扰着人的眼睛。仔细一看，各种条幅内的字句其意却相同，都是"本人郑重做证：全球第一美女艾丽丝·玛尔亚确实是赵绍隆先生的第三十八任'二奶'"，而后是各自的亲笔签名和各自的大红手印。

　　妙龄女郎甜密密地对孔乙己说道："孔先生，只要您也写个字据做证一下，那么，您今年的生活费就全由红楼神堡支付了！您看，这不难为您吧？"

　　面对勾人心魄的妙龄女郎的温情，面对"天上掉馅饼"的千载难逢的好时光，穷困了大半辈子的孔乙己被惊得阵阵发呆，禁不住自言自语道：这不会是梦幻吧？这不会是真的吧？

　　妙龄女郎忽地一把勾住孔乙己的脖子，狠狠地在孔乙己的左脸上亲了一大口，然后媚态十足地问不知所措的孔乙己："孔大人，您说，这是不是梦幻呀？"

　　终于，孔乙己确认了眼前的一切都是十分真实的以后，也仿效别人，非常认真地写下了一张"本人郑重做证"的字据，既在字据上按了大红手印，

还在字据上别出心裁地盖上了大红屁股印。孔乙己心里明白，假洋鬼子赵绍隆因最早抢滩世界名人隐私外贸而赚了大钱，但假洋鬼子的心灵却十分空虚，也可以说，假洋鬼子的心理已严重变态。否则，谁会花重金到处收购（收藏）毫无实际意义的"证词"呢？

"可笑！荒唐！神经搭错！脑子灌水！"

孔乙己坐在水泥地板上，撕开装钱的麻袋的拉链，一边认真地迎着阳光举着钞票——仔细辨认刚刚得到的每一张"做证费"的真伪，一边狠狠地骂着假洋鬼子。每辨认一张钞票，总要狠狠地重复一遍："可笑！荒唐！神经搭错！脑子灌水！"

等孔乙己辨认完所有钞票时，太阳早已西沉。此时，孔乙己才发觉自己已经累得腿麻腰沉口干舌燥了。

"可笑！荒唐！神经搭错！脑子灌水！"孔乙己又狠狠地骂了一遍，却忽地觉得：不是骂别人，而是在骂自己！

突然，西北方传来了吵闹声。孔乙己寻声而去，发觉阿Q背着一大袋钱正趾高气扬地训斥小D："你这脑子进水的笨蛋，这么容易赚的钱你都不要，真是太可笑！太荒唐了！"

只见小D怯生生地辩解道："我脑子没进水，智商也不低，今天并不是我不想要这些钱，只是我没读过书，不会写字罢了！"

孔乙己发现阿Q的钱袋比自己的钱袋大许多，遂盘问起阿Q来了。阿Q得意地对孔乙己说道："信息就是生产力！要我给你机会得先给好处费！"

等孔乙己无奈地给了一些钱后，阿Q说出了"得大钱"的处所。

孔乙己终于找到了红楼神堡的第YU250陈列馆。这是一个特大的陈列馆，好像比中国北京的故宫还要大。走进馆内，孔乙己第一眼就看见阿Q的"郑重声明"，顿时，一股悲凉之气弥漫全身。但转念一想，这不过是一场文字游戏而已，何必太认真！名誉虽然重要，但吃喝穿戴更加重要。

犹豫了许久之后，孔乙己决定：为了告别苦难的前半生，迎接美好的明天，委屈自己一下也是值得的——大丈夫能伸能屈嘛！何况，这字据也不见得真的对自己有害。终于，仿效别人，郑重地写下了一份声明："本人孔乙己，个性是见钱眼开、唯利是图。因早年乱搞女人，饥不择食，如今患有严重的性病……"结尾照样是亲笔签名与按大红手印。

"可笑！荒唐！神经搭错！脑子灌水！"背着一大袋钱的孔乙己走出红楼神堡后仍一个劲地叫骂着，只是他自己也不知道，该骂的人到底是谁？掂量肩背上沉沉的钱袋，一份充实感很快占据了孔乙己的心。

回到老家，有了钱的孔乙己很快被县衙门评为"脱贫致富"的标兵，当上了政协委员。不久，他娶了一名下山脱贫的打工女为妻，生下两个儿子。

后来，孔乙己出资办了一所希望小学，校训是"历史不可信，祖宗不可信，君子不可信，自己不可信"。终于，孔乙己成了一名有口皆碑的"四不"教育家。

"老哥"修理部

不知从什么时候起，我每坐公交车路过清心路时，总会不由自主地多看几眼"老哥"修理部。其实，"老哥"修理部一点也不显眼，不到十平方米的店面好像是硬挤在这繁华商业街中，门面上的招牌粗陋不堪，歪歪斜斜的"'老哥'修理部"几个字，根本没水平没档次没品位。里面除了一张单人木床上不放废旧电器零件外，其余地方堆放着各种废旧电器件。这样一爿修理部，简直让人怀疑是否是电器垃圾堆放场。

令人惊奇的是，在这爿修理部中我只看到过一个人，那是一个额上面部布满皱纹，脑后拖着一条三尺长的花白辫子，浑身非常土气的中年农村妇女的形象。起初，我以为她是给这修理部看一下门的人，修理工可能是她的儿子，因为我时常发现她坐在门口织毛衣。后来，我多次看到她不在织毛衣什么的，而是动手拆电动机、洗衣机、电视机……于是，我觉得这修理店就是她自己一个人开的。像她这样一名农妇，是怎么学会修理的？从没看到过有人上门，她的收入水平怎样？技术水平又怎样？

那天，我终于克制不住自己的好奇心，特意上门探访。

"请问这店是你开的吗？"

"查户口的？还是查税的？"她边织毛衣边认真地审视着我，一张饱经风霜的脸上射出两束冷厉的目光，我不禁为之一颤。我清楚地记得，她这种目光与我的老婆审问我是否与情人幽会过的目光一样。

"不，不，不……"我说，"我有一台电视机坏了，想拿过来修一下。"

"可你还没拿来呀！"

"我不知你的技术水平……"

"包好！立等可取！修不好赔你一台新的！这是我的规矩。"

我回家找出一台经十多家修理店修理后仍不能正常使用的"引诱"牌电视机，送到"老哥"修理部。只见那女的，既没问我故障情况，也没用仪器测量，只是问清这种电视机新货要一千五百元，然后她打开电视机壳，用钳子拔出五六个元件后，便通电试机了。

天！屏幕上竟然真的出现正常的画面了！

"真怪！怎会拔掉几个零件就好了呢？"我禁不住问。

"这有啥奇怪的，我的胃就是割掉五分之四后，才会吃饭，才会干活的……昨天，我还去医院拔掉了三颗牙……还不是为了活得更好吗？"

她要了我三百元修理费，并说这也是她的规矩：新货的五分之一。

我与她吵："你没给我换零件，怎要这么多钱？"

她说："三百元算什么？我的胃被切五分之四，医生也没给我换胃，却收去八万多元呢！"

几天后，我又来到了"老哥"修理部。

"电脑会修吗？"

"会！"

"若修不好，赔吗？"

"赔！这是我的规矩！"

"这台电脑你也能修吗？我是花了两万五千元钱买来的。若修好，我付五千元；若修不好，你赔我两万五！"我拿出从废品回收部找来的废电脑，对她说，"你开这店以来，破过规矩吗？"

她接过废电脑后，说道："还像模像样的东西，就别想破我的规矩。"

她把这活接了，我心里暗暗高兴，这回让她出出血！

只见她还是用"拔元件"这老办法修理。今天，拔了十几回也没把这电脑修好。我得意地发现，她的额上出现了细细的汗珠。

我问她："以前修过电脑吗？"

她没说话，只是停下活来给她自己倒了一杯水。

我说："现在我给你一个机会，你认输——说修不好，把'老哥'改成'小子'，我不要你赔一台电脑。"

她喝了一杯水后，斩钉截铁地说："像模像样的东西，没有不成事的！"

结果真如晴天霹雳。谁能想到，当她将电脑肚子里的东西全部拔掉后，通电试机，竟成功了！

我被惊得目瞪口呆。

她用一块黑不溜秋的抹布擦了擦脸上的汗珠后，笑着对我说："当我想到我那没心没肺的丈夫和全身没一根骨头的儿子能痛痛快快地活在世上时，我就认定不会输，我一定能赢了你！"

她的笑容似一朵怒放的秋菊，那像一团乱麻的皱纹搅乱了我的心。

我脑子一片空白，所有思维顷刻间全停止了。

她见我呆呆地木立着，笑道："是否心疼修理费了？若被我说对了，说

明你胸腔内还有颗心在跳。那我今天就破个例,只要你服了我,修理费就免了!"

龙椅

北京故宫太和殿。

导游小姐指着安置于殿内正中的龙椅对众多游客说道:"这把龙椅,就是封建社会至高无上的统治者的宝座……"

忽一青年游客闯过警戒线,径直快步走到龙椅边,一屁股坐到龙椅上,口中惬意地叫道:"今天,让俺也过过皇帝瘾!"

臂戴袖章,负责保安的两名故宫工作人员,立即向前将那坐上龙椅的青年游客"请下"龙椅,并对众人和那青年游客说道:"私自乱坐龙椅,罚款一百!"

话音刚落,那刚坐过龙椅的青年游客立即从怀里取出一叠崭新的百元钞,对保安员说:"钱我有,龙椅再让我坐一会儿!"

其他游客闻言,也纷纷取出钞票,将钱握在手上,并很快自觉排成长队,几乎是异口同声地叫道:"让我也坐一坐龙椅!"

…………

逃离地球

　　近一个月，止乌教授夫妇总做一个相同的怪梦，夫妇俩只要一合眼马上就看见弥勒佛和无常鬼一前一后欢欢地跑过来叫爸爸妈妈。佛、鬼同来，不知是祸是福，是凶是吉？弄得止乌教授夫妇整日魂不守舍。

　　止乌教授夫妇虽是唯物论者，但夫妇竟然长时期做相同的怪梦，总觉蹊跷，整日惶恐不安，以至于两人每天晚上不敢轻易睡觉。

　　也难怪止乌教授夫妇要愁忧，毕竟令他们自豪的那对双胞胎儿子平平与民民远在天各一方的企鹅星与蚱蜢星上留学。八年前，作为全球第一对同胞兄弟被地外文明星球的大学录取而公派出球留学，止乌教授一家人真是如旭日东升，风光一世！不但平平与民民成为全球学子的楷模，而且原本默默无闻的止乌教授夫妇因"母凭子贵"而成为全球名人，光他俩的合著《育儿心法》就如春风扫遍大地，几乎每家一册了。然而，喜极忧来。从遥远的企鹅星与蚱蜢星上传回信息，平平与民民皆因"水土不服"，一进新环境便被送进医院治疗，弄得止乌教授夫妇每日以泪洗面，后悔当初不该贸然"去吃第一只螃蟹"。可是，上个月传来的消息不是说平平与民民的身体经八年治疗后"完全健康"了吗？怎么还会常做怪梦呢？难道平平与民民的身体状况又有了新的变化？止乌教授夫妇整天疑神疑鬼，虽怕乱想，却又止不住地乱想。

这天半夜,止乌教授夫妇又被怪梦惊醒,两人因挂念游子而抱头痛哭。忽听房门被敲得山响,又清清楚楚地听见有人叫:"爸爸!妈妈!"

是久违了的平平与民民的声音!夫妇俩顾不得是梦是真,匆匆开门迎接。

天哪!门外赫然站着一个弥勒佛与一个无常鬼!止乌教授夫妇立时被吓昏了。

经过七天八夜抢救,止乌教授才清醒过来,可怜的是其妻因心肌梗塞再也没活回来。

真是天方夜谭。

原来,平平与民民真的回来了,吓倒止乌教授夫妇的正是他们日思夜想的宝贝儿子平平与民民。企鹅星人个个很胖,都像弥勒佛一样,按他们的标准,平平当然是严重的营养不良者。经过八年的"治疗",平平的身体已达标而"健康正常",从医院出来,平平就急急去办理回乡探亲的手续。可是,蚱蜢星人与企鹅星人差别很大,蚱蜢星人个个骨瘦如柴,皆似骷髅。在蚱蜢星上,民民被诊断为严重的肥胖症患者、心脑血管病人,说他随时会中风、偏瘫。经过八年的"治疗",民民已基本符合"健康标准",医院才很负责任地把他放出来。兄弟俩心意相通,虽事先没有互相联络过,然"病愈"后第一件事都是"回乡探亲",真是隔不断骨肉情,舍不弃故乡亲啊。

弄清原委后,可怜的是,在医院各"治疗"了八年的平平与民民,又被送进医院治疗,一个要紧急减肥,一个要紧急补养。

平平坚决抗议,他说:"我根本没什么不适,身体健康得很,能吃能睡,脑子清晰,思维敏捷,舒坦着呢!"

民民也坚决不同意进医院,他说:"目前一切感觉很好!地球人所谓的科学难道就是整个宇宙的真理?住了八年医院,怎么又要进医院?去外星水土不服,回地球了怎么还是水土不服?你们看不惯我就要我进医院,而我看不惯你们却没要你们进医院呀!"

止乌教授闻言后暗自伤神,不禁叹息道:"没想到仅八年时间,地球上一对杰出的博士生,身心被摧残得如此不可救药……真是环境改造人哪!"

终于,平平与民民被关进了医院。

在没有说理余地的情况下,平平与民民暗地里向企鹅星人和蚱蜢星人发出呼救信号。

二十一天后,平平与民民在特级精神病院突然失踪,仅留下一张字条:

"爸,妈,地球上没有外星人居住的原因终于被我们找到了! 能得到这一巨大研究成果,我们就可以得到'绿卡',成为留学地的永久居民了。"

止乌教授读过平平与民民留给他的字条后明白,他的两个宝贝儿子已永远别地球而去了。

可叹的是,在匆忙逃离地球的时候,慌慌张张的平平与民民上错了同时到达的分别来自企鹅星与蚱蜢星的无人驾驶救援飞船……

要不骗人也真难

父亲从裤袋里掏出一包烟,很利索地抽出一支塞进了嘴里,而后把烟盒递给我。我没有去接,我说:"戒了快半年了! 不抽了!"

父亲把烟盒塞回裤袋里,掏出打火机点着了香烟,狠狠地吸了一口,瞬即一阵咳嗽声很快盖住了街市车水马龙的喧闹声,我说:"爸,你也戒了吧!"

父亲没有回答我的话,那只夹着香烟的右手扫了扫眼前的马路后说道:

"十三年前,这里全是田地,没有一点房子,如今可变成了市中心了,满眼高楼,不比杭州解放路差,变得真快啊!你瞧,那白天鹅大酒店——原来是我们家的自留地啊!"

父亲要带我去看看从我家自留地上造起来的白天鹅大酒店,我尽快劝阻道:"要过六车道的马路,危险!现在是车流高峰期,你看,车挨着车,这边三排车,那边也三排车,他们都忙着赶回家吃晚饭,太危险了!"

华灯初上,路上的人流显得格外匆匆。

"如今这年月,要不骗人——也难!"父亲边说边把还剩下大半支的香烟扔进了路边的垃圾桶里,然后,他告诉我:一百三十八天前,有一位漂亮的姑娘将小车停到父亲的跟前,摇下车窗玻璃,很礼貌地问父亲:"老伯,白天鹅大酒店往哪边开?"父亲对她说:"我没听过更没见过白天鹅大酒店!"姑娘说,她是来参加朋友的婚礼的,朋友告诉她白天鹅大酒店就在这红绿灯的附近。父亲很坚定地告诉姑娘说:"这附近绝对没有白天鹅大酒店,我是这里的居民,住在这里七十一年了,从没离开过,附近有这大酒店我会不知道?"

我说:"白天鹅大酒店离这不过两百米,又是在我们家的自留地上建起来的,你怎么会不知道?"

父亲说:"以前,这座十七层高的大楼叫'夜来香宾馆',由于经营不善,半年前换了主了。那天,刚好是大楼更名后开张的第一天,我哪里知道……没想到,我是那么认认真真地骗了一回问路的姑娘……"

我与父亲在人行道上并排着边走边聊,忽地被一小青年搡了,我正欲开口骂人,那小青年边跑边回头道歉:"对不起,对不起,赶车!"

一辆"222"路公交车正驶向前方三四十米远的公交车停靠站。父亲笑道:"九十七天前,一对小夫妻抱着一个五六个月大的婴儿,就在这个地方问我:去火车站坐几路车?我说:去火车站很麻烦,要转三次车,先过马路到前面的街道,坐 8 路车到市政府大门口,然后……"

我打断父亲的话:"222 路车直达火车站,我昨晚就是坐 222 路车回家的,干吗要先过马路到前面的街道去坐 8 路车?"

"222 路车开通至今才一百零八天,那对小夫妻问我时,我根本不知道这件事,因为这路车开通才十来天,我根本不知道!"父亲摇摇头,叹了一口气说道,"活了七十多年,从没存心去骗人……可偏偏又认认真真地骗了别人!如今这年月,要不骗人……也真……难哩!"

父亲又掏出香烟,习惯性地叼在嘴角上,只是并不急于点着它。由于香烟含在嘴上,父亲只能含含糊糊地说着话,更像是自言自语:"七十多年了,一直生活在这里,到头来却不清楚这里的变化有多大……常常说错话,认错路……真难为情啊!"

父亲终于把烟从嘴里取下来,对我说:"我成天逛街和坐公交车,是为了做一名合格的老居民,毕竟我是这片土地的老主人,我要像以前熟悉田里的庄稼那样熟悉这里的商店和公交,免得再去认认真真地骗外地人!可是,我说的这些话,你的娘就是不相信!她总以为,家里的房租每年有十多万,男人钱多就变坏——钱让我花心了,不顾家了,要到处在外面寻开心了!她怎么就不肯相信,有钱的男人还要脸皮还要良心和道德呢?真是烦死了!"

父亲终于又把香烟点着了,深深地吸了一口后又是一阵热烈的咳嗽。一名右手提着一只大布包、左手捏着一张十元钞的中年妇女向我问路:"莎娜娜洗脚店怎么走?我女儿在那里打工快一年了。"

父亲接过女人的钱,对她说:"他是我儿子,三年多没回来,不可能知道那地方,开出租车的也不知道!我陪你去!"

父亲转身对我说:"你先回家去,帮我想想法子,怎么去哄哄你娘……弄出个她会相信的理由来,这年月,要不骗人——真是太难了!"

父亲的末句话,让问路的妇人听得一愣一愣的!

真没想到,约父亲出来散步是想解决母亲交给我的问题,却被父亲临门一脚踢到了我的身上!

千张焐肉

"千张焐肉"是我家乡的一道名菜。虽是名菜，却并不金贵。二至三份千张，一份半精半油的猪肉，放入砂锅内，加上适量的水、姜、酒后，用文火慢慢炖，等到满屋飘香时，这道菜就算烧好了。此时，千张已吸饱了猪肉的精气，猪肉也具备了千张的品性，入口柔滑韧爽，满嘴溢香。

我是在十二岁那年才第一次吃到"千张焐肉"的。

我是托了外公的福才吃到"千张焐肉"的。外公是一个瞎子——他是在五岁那年患了一次病后眼睛就什么也看不见了。外公长大后，为了谋生，拜了一位算命先生为师。从此，外公的职业就是给人排八字定吉凶。外公学艺不精，生意不好，一直艰难度日。外公是一位传奇式的人物，虽然穷困，却很少生病。即使生了病，也从不吃药请医生。病卧床上三天起不来，只需给他吃一碗馄饨，第二天保管就病愈……为此，外公就有了一个名闻乡里的绰号："赖食虾（瞎）"！

外公六十六岁那年，算定他自己活不过冬至日。外公说，这辈子也没啥遗憾的，虽然家穷，毕竟土改时白白分来了四亩三分田，有了熬日子的本钱，使他不断子绝孙——他也知足了。然而，唯一令他感到遗憾的是这辈子还没吃过"千张焐肉"这道菜。

消息传到我家，主持家政的奶奶（爷爷早已过世）专门召开了五次家

107

庭会议,讨论外公是否真的会命丧今年,和要不要给外公烧一碗"千张焐肉"？然而每次讨论会都是无果而终,因为全家人都怀疑外公今年想骗一顿"千张焐肉"吃吃！

那年七月初八,我去河边摸螺蛳差点被淹死,这件事令奶奶想起外公为我算的命。奶奶说,我十二岁那年,有一道坎,七月八月,千万要防水,这是外公在我刚出世时算的命。

我十二岁那年,也就是外公六十六岁那年。我被水淹后,奶奶便相信了外公活不过冬至日的话来。于是,奶奶便决定烧一碗"千张焐肉"给外公。

那天,正好是重阳节,我家一大早卖了一头大肥猪。奶奶特意吩咐我爸买回三斤千张、两斤猪肉。认认真真烧好一锅"千张焐肉"后,奶奶装好一大碗,叫我爸送到五里路外的外公家。因爸临时接到去城里开紧急会议的通知,我便替爸去完成使命。

听到"千张焐肉",外公有一瞬间的喜悦。外公问为什么给他送"千张焐肉"？年少的我不懂事,没有遮盖,便把奶奶的心意直白白地说给外公听,外公听得直哆嗦。

外公吃"千张焐肉"的情景,令我终身难忘。那天,舅母端来两碗饭,一碗给外公,一碗给我。桌上只有一碗"千张焐肉"。平日里的主打菜:霉干菜、腌萝卜、咸菜等一个也没上。舅母先夹一些"千张焐肉"到我的碗上后（舅母的举动令我震惊——夺老人口中食,岂是好儿郎？）,再对外公说:"今天是重阳日,外孙家卖了大肉猪了,特意送来"千张焐肉"给你吃！"只见外公"噢——噢——"地轻声应着,深陷的眼窝里逐渐流出了两行泪水。这一餐,外公吃得很认真,脸上的汗水和泪水早已混为一体了……

那年的 12 月 22 日是冬至日。12 月 17 日,外公去世的消息传到我家。奶奶闻讯,惊呆了半天后才自言自语地说:"亲家公真是成精了,怎么算得这么准？"

外公入土后三年,舅母公布了外公"成精"的秘诀:那年 12 月 1 日起,

无痛无病的外公就绝食了——前五天还喝点水,后来就什么也不吃了……

　　"老人的尸体很轻,好像是一个稻草人。"舅母说,"谁能想到,在不会断粮……日子越过越好的时候,老人最终是被自己饿死的。"

耍猴

　　在评选先进工作者会上。

　　沙僧说:"我反对师傅说的以举手表决方式评先进的办法,我们毕竟同甘共苦了十多年,得罪任何一位都是不好的! 还是无记名投票的方式好……"

　　白龙马说:"为公正客观起见,我赞成无记名投票的方式! "

　　悟空说:"师傅帮我们脱离罪恶,成了正果,取经先进工作者非师傅莫属……"

　　唐僧说:"贫僧无意什么功名。按取经路上的功劳,先进绝非贫僧该当的,还是由你们定夺吧。"

　　八戒说:"我已做好了投票箱,要公正的话,大家还是无记名投票吧! "

　　沙僧、白龙马立即附言赞同。

　　少数服从多数。

　　检票的结果是,唐僧一票(悟空投的),悟空一票(唐僧投的),白龙马三票,八戒、沙僧皆零票。于是白龙马被评为取经先进工作者。

会后，沙僧兴奋地对八戒说："往后，我俩有马可骑也！"

八戒得意忘形地说："比骑马更有趣的是耍猴！我俩虽无七十二般变化，但是一旦拍了马屁以后，耍耍猴子还是绰绰有余的！"

Yu Yu Fo

鱼与佛

超级美容店

时新小姐走进W超级美容店。

你的眼睛太小太细，又是单眼皮，太不漂亮了，处理一下吗？

OK。

你的眉毛太短太粗太浓，处理一下吗？

OK。

你的鼻梁太低，处理一下吗？

OK。

你的耳朵太短太薄又是招风耳，影响整体美，处理一下吗？

OK。

你的头发太土气了，处理一下吗？

OK。

你的胸脯太不饱满了，处理一下吗？

OK。

…………

电脑显示屏上立即模拟出经过整改后的面容。

你这么漂亮的人儿，应该配上一个异常聪明的脑子，否则的话，别人见了，就会说你是金玉其外败絮其中……这样吧，你的脑子也处理一下吗？

OK、OK！

时新小姐走出Ｗ超级美容店时，人们发现，她的容貌一点也没有发生变化，还是原来的老模样，唯一发生变化的是，她那原本会思考的脑子被换成不辨美丑不知善恶的猪脑了。

奶奶的荣耀

暮秋时节，太阳还没有下山，寒气就开始逼人。

在那闹饥荒的年代，人们为了减少消耗，都早早地关门上床睡觉。我家也不例外。

那天，天还没有擦黑，我家就已经关了门，熄了灯，全家八口人都已上床睡觉。

突然，大门口响起了"咣当——咣当——"的敲门声。

"大姨娘……大姨娘……开开门，开开门……大姨娘……"

全家人都听到了。全家人都知道是朱其福来了。

朱其福是我奶奶的妹妹的儿子，年纪还不满十六岁，住在离我家约六十里外的一个小山村里。五个月前，他的父母因饥荒而病倒，不久相继离开人世。朱其福成了孤儿，由于他生来体质虚弱，干农活的事就常遭人嫌。那时，农民们都合在一起劳作，朱其福因为劳动能力差，每天所挣的工分只有其他成年人的四分之一，因此，他分到的口粮就比别人少四分之三。

朱其福又来叫门了,大家都知道他是来讨吃的。

这一次,我家人全部铁了心,不管门外的朱其福怎么叫喊,怎么敲门,都当作没有听见,谁也没有起床去开门。

挨到半夜时分,持续了三个时辰的朱其福的叫门声终于停止了。

既然人家有意回避你,你也该有自知之明——回去吧。

没有敲门声了,全家人终于舒了一口气,静悄悄地各自睡了觉。

第二天早上,我奶奶打开大门时,吓了一大跳!

天哪!朱其福根本没有走,还是坐在大门外的门槛上,只是他已不再叫喊了。因为他实在是叫累了,也知道叫喊不管用。

奶奶终于流下了一大把眼泪,用自己的双手捧起朱其福那双冰凉的手,默默地把朱其福领到了家里。

奶奶让朱其福坐到客厅里,先给他一碗热水喝,然后流着眼泪,狠了狠心,到米缸里取米,给朱其福烧饭。

米缸里一共只剩下两斤三两大米。米缸里有一只用竹筒做成的量筒,平口装满,里面的大米正好是一斤。

奶奶一手把一手把地从米缸里抓米,把抓来的米放进竹筒里,以便计量。

奶奶每抓一把米,似乎都抓了一把自己的心——毕竟这点米是全家八口人的口粮啊!

米从米缸里一把一把抓出,放进竹筒里。

随着米缸里的米不断在减少——竹筒里的米不断在增加,奶奶取米的手就越来越沉重了。看看米缸,又看看竹筒,奶奶有些舍不得,把一部分竹筒里的米放回米缸里。

再看看竹筒,奶奶又觉得米太少了,又往米缸里抓米……

如此,反反复复折腾了五六次,最后奶奶终于果断地取出了一斤大米,烧成饭,给朱其福吃。

第一碗饭是奶奶送到朱其福手里的,桌上的菜只有两盘,一盘是咸萝

卜,一盘是霉干菜。

奶奶告诉朱其福:"大的都去生产队里开早工,小的都去找野菜了。大姨娘在家里事也多,既要给家人烧早饭,还要切猪草,没有人陪你吃饭,饭你自己去盛,别客气,吃饱为止。"

奶奶忙了一通家务事后,看到朱其福默默地坐着,就又客气地对他说:"没有人陪你吃饭,饭你自己去盛,别客气,吃饱为止。"

没有想到,朱其福就是不声不响地坐着。

起初,奶奶没太在意朱其福为何不声不响地坐着,直到揭开锅盖后才明白答案。

原来,一斤米烧起来的米饭已经全部被朱其福吃光了——"饭锅一干二净,干净得连锅也不必洗了"。

由于闹饥荒年份连柴火也缺,迫使奶奶练就了一身"不会烧焦一颗米饭"的本事,就像今天的电饭锅烧饭一样。

那天,朱其福是跪在我奶奶面前拜了三拜后才离开我家的。

临别前,朱其福对我奶奶说:"吃过这顿大米饭,死去也甘心了。"

朱其福回去后不到十天,就传来了他被饿死的消息。

噩耗传来,奶奶大哭了一场。

然而,奶奶并不是很伤悲。

后来,奶奶就经常说:"幸好那天让其福吃了一斤米的饭。否则,以后死了如何去见妹妹啊!"

二十年后,奶奶病危。

回光返照之时,奶奶拉着爸爸的手说:"娘这辈子很普通,没有做过让别人能说好的事。然而,让我自己很欣慰的事是有的,那就是给其福吃了一斤米的饭。"

奶奶临终前告诫爸爸,在自己十分困难的时候,要多想想比自己更困难的人。

日月穿梭,光阴似箭。

如果奶奶健在，今年有一百岁了。虽然她老人家离开人世已经三十年，村里人却没有忘记她。

今年，富起来的乡亲们决定修一部村志。经过群众推荐，村两委研究决定，首部村志将收录我奶奶的故事。这是奶奶的荣耀，也是我们的荣耀。

前两天，村主任把村志的初稿送给我看，我才知道奶奶的故事。

在这部村志的初稿里，记述了我奶奶"给其福烧一斤米的饭"和"让亲生儿子（我爸爸）辍学，供养子（我叔叔）上大学"的事迹。

据我叔叔说，读书成绩一直来都是我爸爸好，可是奶奶就是不支持爸爸读完小学。

做了一辈子农民的爸爸，只要有人提起奶奶，总是一脸的自豪。

悟空治病

话说唐僧师徒在去西天取经途中，那日他们一行到达了朱紫国。

朱紫国王正害病，国医们束手无策。

悟空获悉后，便设法揭了黄榜，欲医国王之病。

悟空令人取来草药八百单八味，每味三斤。然而他却只用了大黄、巴豆两味，且每味只取一两，外加锅脐灰、马尿，制成"乌金丸"，说是用此药便可去除国王之疾。

八戒笑骂悟空道："你这猴子也太损人了，八百单八味药，每味三斤，你

只用它两味二两,这不是太糟蹋人家了吗?"

悟空说道:"你这呆子哪里明白世理!人,有了地位以后,哪个不是讲究体面、排场、铺张?想当年老孙在花果山刚有了点资本,便要弄个'齐天大圣'的帽子,何况是这些凡夫俗子?现朱紫国王的病根在心里,不投其所好、对症下药岂能济事?"

果不出悟空所料,朱紫国王服用"乌金丸"后,心舒气顺病愈了。

犯相

三国蜀将魏延被斩杀后,尸体抛于荒野三年不腐。空空道人某日路过,见其尸被一股浓浓的怨气所笼罩,遂将尸首带到无稽崖的青埂峰下,警幻仙子出援手,将魏延救活。

魏延神志恢复后,哭拜于空空道人前:"世道不公啊!我为刘备江山可是立下了汗马功劳。赤壁大战后,刘备攻掠汉上九郡之时,不可一世的关羽率兵袭取长沙,遭到了老将黄忠的顽强阻击,处于进退两难的尴尬之地,是我魏延为其解了围。当时,为报答战场上关羽的不斩之恩,三箭虚射的老将黄忠受到了太守韩玄的误解,被绑赴刑场即将斩决。就在黄忠性命系于一发之际,又是我魏延激于义愤振臂而呼:'黄汉升乃长沙保障,杀汉升即杀长沙百姓也。'拔剑而起,斩了昏聩之辈韩玄,大开城门,迎接刘备大军进入长沙。孰料，诸葛亮一到，首先令下就是要斩有功无过的我，其理由是'居其土而献其地是不忠也，食其禄而弑其主是不义也'。难道，抛弃无能之主迎接明君的到来竟然是错误的举动？难道，就该看着昏庸之辈砍下天下名将的头颅而无动于衷？虽然，刘备救下了我的性命，可是，从此孔明却常跟我过不去。在刘备死后的十几年中，孔明对我的正确建议与行动多次掣肘压制，使我丰富的作战经验根本无法发挥。首出祁山，我根据形势大胆倡议，由自己带精兵取道子午谷直插魏国的重镇长安，这在当时情况下，绝对不失为一条出奇制胜的妙计。可惜，真是可惜，我的建议根本不被诸葛亮采纳，假如诸葛亮采纳了这条建议，也许三国的历史就会重写……老天啊，诸葛亮忌妒我的才能啊！我死而不服啊！"

空空道人说："不是老天不公，也不是诸葛亮忌妒你的才能，而是你与诸葛亮犯相。"

魏延问道："什么是犯相啊？"

空空道人说："犯相，是迷信的说法，诸葛亮刚刚跟你魏延见面，就要杀你，说明你们两人天生就不对眼。这种情况，现实生活中不少。无论你如何积极要求进步，领导就是看不上你，没办法。我出家前就遇到过这样的领导，姓周。老周私下跟人说，他就是死活看不上我，就是看着我别扭。这就叫犯相。跟犯相的领导在一起，领导绝不赏识你，无论你怎么卖力气干活儿，怎么为企业出谋划策，都没用。有人劝我：别着急，时间长了就好了，周领导还不大了解你嘛。可是，关键是周领导不愿意了解我。如果你跟某个领导犯了相，你说得对也是不对，你说得不对更是不对。总而言之，你怎么着也不对。"

魏延问道："那，这犯相，有没有科学的解释呢？"

空空道人说："巧啊，前两天，红楼神堡的索拉西教授公布了他的最新研究成果。他认为，犯相其实只是生物场相克而已。人的生物场百分之六十八由发声器决定。不同的人，说相同的话，大家都听得懂，那是基音相同的缘故。不同的人，说相同的话，大家又都分得清，那是泛音不相同的缘故。声音是一种波,如果主泛音的相位相反,那么这两人就'犯相'。同样的话,由林黛玉说出,贾宝玉就听得进,因为他们两人的泛音相位接近,彼此相融;由贾政说出,贾宝玉就听不进,因为他们两人的泛音相位相反,彼此相克。"

魏延叹道:"我跟诸葛亮是犯了相了,可这不是我的错啊!"

空空道人劝道:"既是天定,那就认命吧!"

魏延悲叹不已,心不甘,遂去红楼神堡拜索拉西教授为师,潜心研究"泛音谐振器"。一千五百年后,第一只"泛音谐振器"面世,魏延就把它安装在自己喉结的左上角附近(似一个朱胎记),改名为"和珅",混进了清宫。由于他的泛音被调制得与乾隆皇帝一样,他说的话,乾隆皇帝听着就浑身舒坦……于是,中国历史上最大的贪污犯就隆重登场了!

嘉庆四年(1799),乾隆皇帝去世,得乾隆皇帝宠爱二十四年的和珅,立即被嘉庆皇帝逮捕。正月十八,圣旨下来了,赐和珅三尺白练自裁。和珅忽地记起索拉西教授曾告诫过:"泛音谐振器"设计寿命只有二十年,应及时更换;第一代"泛音谐振器"频谱很窄,只能与一人共振。可惜,他在春风得意之时,早忘了。

和珅死前作了一首诗:"五十年来梦幻真,今朝撒手谢红尘;他日水泛含龙日,认取香烟是后身。"意思是我和珅活了五十年,跟做梦似的,这回我可真要死了。不过,我还会转世回来的,将来一定能让所有的皇帝都是我手中的玩物。诸位可认清楚了,将来谁是我的后代。

曹冲为什么早死

这是一个正史没有记载、也不能记载的故事。

三国奸雄曹操是个多子的人，共有二十五个儿子。在这么多儿子中，曹操最疼爱的是小儿子曹冲。

曹冲自小生性聪慧，五六岁的时候，智力就和成人相仿。有一次，东吴的孙权送给曹操一只大象，曹操十分高兴。大象运到许昌那天，曹操带领文武百官和小儿子曹冲，一同去看。

曹操的人都没有见过大象。这大象又高又大，光说腿就有大殿的柱子那么粗，人走近去比一比，还够不到它的肚子。曹操对大家说："这只大象真是大，可是到底有多重呢？你们哪个有办法称它一称？"

嘿！这么大个家伙，可怎么称呢！

大家纷纷议论开了。李部长说："只有造一杆超级大秤才能称。"

张卫队长马上响起反对声："这可要造多大的一杆秤呀！再说，大象是活的，也没办法称呀！我看只有把它宰了，切成块儿称。"

张卫队长的话刚说完，所有的人都哈哈大笑起来。大家说："你这个办法呀，真叫笨极啦！为了称称重量，就把大象活活地宰了，不可惜吗？"

大臣们想了许多办法，一个个都行不通。大家正在抓耳挠腮之际，从人群里走出一个小孩，对曹操说："相父，儿有个办法，可以称大象。"

曹操一看,正是他最疼爱的儿子曹冲,就笑着说:"你小小年纪,有什么法子? 你倒是说说,看有没有道理。"

曹冲把办法说了。曹操一听连连叫好,吩咐左右立刻准备称象,然后对大臣们说:"走! 咱们到河边看称象去! "

众大臣跟随曹操来到河边。河里停着一只大船,曹冲叫人把象牵到船上,等船身稳定了,在船舷上齐水面的地方,刻了一条道道。再叫人把象牵到岸上来,把大大小小的石头,一块一块地往船上装,船身就一点儿一点儿往下沉。等船身沉到刚才刻的那条道道和水面一样齐了,曹冲就叫人停止装石头。

大臣们睁大了眼睛,起先还摸不清是怎么回事,看到这里不由得连声称赞:"好办法! 好办法! "

现在谁都明白,只要把船里的石头都称一下,把重量加起来,就知道象有多重了。

曹操自然对曹冲更加满意了。

谁也没有想到,曹操的大欣喜、曹冲的大智慧,却让曹丕很焦心!

当晚,十五岁的曹丕闯到曹操的床前对曹操说:"我要杀了小冲这小子! "

曹操闻言一愣,以为自己听错了!

曹操斥问:"为什么痛恨冲弟弟? "

曹丕直言不讳:"以后跟我争王位的,只有小冲这小子! "

曹操大惊! 望着眼前这个乳臭未干的曹丕圆睁着一双"宁我负人,毋人负我"的眼睛,既欣慰又悲凉。欣慰的是,在这么多的儿子中终于有一个继承了自己的性格和政治抱负,悲凉的是,让他过早地闻到了"骨肉相残"、"同根相煎"的硝烟味!

"十五岁,毕竟还是一个未成年的孩子啊……总不能太当真了吧? "

曹操大声厉问:"你以为我活着的时候会同意你去杀冲儿? "

曹丕道:"现在,您当然不会同意我去杀他! 当然,我现在也不会去杀他! 否则,我即使把他杀了,您也不会放过我的! 但我有足够的耐心,一直等到您不反对我去杀他的那一天，我才会动手！"

曹操闻言，觉得很可笑："除非我患了老年痴呆，否则我根本不可能默认你去杀冲儿！"

曹丕道："一切皆有可能！这是您告诉我们的！不过，请您放心，如果您真的一直明确反对，如果您真的老年痴呆了，我就不去为难小冲这小子了！"

曹操觉得，曹丕有此"保证"，冲儿性命肯定无忧，就草草地训斥了一通曹丕后，把他赶走了。

一晃过了五年。过了二十岁生日的曹丕，有一天又到曹操床前请愿："我要杀了小冲这小子！"

曹操记得，这是曹丕第八十八次说这句话了！曹操暴怒："你已经成年，不再是儿童戏言了！今天我要好好教训你！"

结果是曹丕被打了八十八军棍！从此，曹丕的内伤一直无法康复，体质便不断下降，以至于最终只活了四十岁。

一晃又过了三年。当曹丕第八百八十八次到曹操床前说"我要杀了小冲这小子"时，曹操当时的反应却让曹丕很意外——曹操只是圆睁着一双眼睛、铁青着脸，一言不发——父子俩居然呆呆地相互凝视了足足一小时！

终于，曹丕在一片异常寂静的、凝固的空气中，突然挣扎着跑了出来，冲向了曹冲的住处……

于是，悲剧发生了！十三岁的曹冲被曹丕掐死了！

当然，曹冲也不是马上就被曹丕掐死的！当时，曹冲先是被曹丕掐晕，造成脑细胞严重缺氧而坏死，虽然经过多日抢救，却因脑细胞损伤的不可逆性而早夭。实在让人扼腕叹息。

谋杀弟弟的曹丕，当日就被拘捕。面对怒不可遏的曹操的审讯，曹丕的辩词让一代奸雄曹操晕死在公堂里！

"当我第八百八十八次向父亲请愿——我要杀了小冲这小子！足足一小时，父亲没有说过反对的话——当然是默认，也就是同意我这样做！父亲

122

为什么不说话？我当然能理解父亲的苦衷，毕竟'手心手背都是肉'……"曹丕这样为自己辩解。

曹冲死后一周年，上坟祭奠的曹植发现，曹冲的墓上长满了大黄豆。

当曹植点燃三炷清香，控诉起曹丕的卑劣行径时，曹冲墓上那些仅仅七八分成熟的大黄豆居然都突然燃烧起来——"噼噼啪啪"的爆豆声格外刺耳……

十多年后，当上皇帝的曹丕要谋害弟弟曹植。面对曹丕的残忍无情，曹植的眼前不断浮现曹冲墓上大黄豆自燃的情景……

于是，中国的文学史上就出现了一首"本是同根生，相煎何太急"的七步诗。

独自过年

活了四十多岁，当然也就过了四十多个年了。然而在我的记忆中，只有一个"年"是清晰的，也是永生难忘的。

那年我十二岁。

记得重阳节后，父亲就常常不厌其烦地把乡邻请到家里来看猪栏内唯一的一头猪。父亲总是这样对来人说："你瞧瞧，我家这头猪，年前能出埠吗？"

那时，肉猪都是由国家统一收购、统一宰的。肉猪的体重超过一百一十斤的,由国家收购。农民将肉猪卖到收购站称为"猪出埠"。

来人一般都是装出一副很内行的样子,将猪赶起,端详了一番在猪栏内转了几圈的猪后,皱皱眉,摇摇头,说道:"我看……年前……出不了……埠……的!"

父亲说:"再瞧瞧,瞧仔细点!"

来人还是摇了摇头:"我看……有精饲料的话……可能……能出埠!"

父亲说道:"哪来的精饲料呀,人都吃不饱呢。年前出不了埠,年可就难过了呀。我可是全指望这头猪的。"

转眼到了腊月。父亲请人"相猪"似乎是越来越频繁了。

"相猪"的结果,几乎总是让人欢喜让人忧。那时,国家收购肉猪的时间做了统一规定,在我镇是每月的"逢五"日、"逢十"日。父亲早已算过,年前最后一个收购日正好是除夕。

大年三十那天,父亲与邻人一道,将猪捆绑在独轮手推车上。由于只有一只猪,手推车不平衡,父亲便叫我坐到手推车上与猪"平衡"。

那天,天很冷,风又大,没有太阳。到达八里路外的收购站时,我早已被冻得全身发抖。然而,父亲头上却在冒汗。

猪上磅秤称体重时,我跟父亲一样,一颗心也便提上了喉头。

"一百零五斤!"司秤员一声吆喝,宛如一声炸雷!

"一百零五斤",意味着这个猪还不能出埠,意味着这个猪还要运回家去再喂养一段时间,当然也意味着我家将不知如何过年!

父亲闻言,忙凑近磅秤去看"秤花"。当他终于无可奈何地承认眼前的残酷事实后,叹了口气说道:"年,也没法过了。"

忽然,父亲重重地对猪踢了一脚,恨恨地骂道:"畜生,五分钟前屙的那堆粪,等到过磅后再拉不就成了吗?"

等到收购站就要关门时,磨了半天嘴皮的父亲终于感动了收购站的负责人,他终于同意"破格录取"了。再次过磅时,我家的这头猪因腹内空空而仅剩"九十七斤半"了。

父亲领到了四十几元钱，匆匆去集市买了一点年货。赶回家时，已经是除夕辞旧迎新的爆竹声响彻一片的时候了。而父亲与我都还没吃午饭哩。

望眼欲穿的母亲，早已在村口等候多时了。原来八岁的弟弟肚子痛得很厉害，连站都不会站了。

父母急急忙忙将弟弟送去十里路外的区卫生院治疗。原来，弟弟是患了急性阑尾炎。当夜，弟弟与父母便在医院的手术室内外过了年。而我却独自一人在家孤零零地吃了一碗冷饭后长大了一岁。

老左养猫

老左爱养猫。原因当然是家里鼠多之故。

早些年，由于邻居常用药毒老鼠，老左养的猫寿命都不长，能活过四五个月的猫，便算是长寿的了。

记得那一年，老左养过五只猫。

近年来，由于毒药对付老鼠并不灵，乡邻们也渐渐地爱上了猫，毒鼠的事便少多了。

前年，老左养的那只猫竟然活过了十八个月。它抓老鼠很有一套本领，没过两个月，家里就再也听不到老鼠的动静了。

可叹的是，这只勤劳的猫最终不是被邻居的毒药害死，而是被老左用脚踢死的。老左愤愤地说，这只猫很少待在家里，经常到别人家去抓老鼠，吃自家饭，干别人家的活，留它做甚！

想不到的是，这只猫死后的第二天，老左家里便有老鼠开庆祝会了。

电子保姆

K公司的机器人——"H电子保姆"投放市场之后，其销路却一直打不开。

K公司的老板便千方百计在提高机器人的功能、可靠性和降低销售价格中下功夫，但收效甚微。

K公司打出广告，征求"金点子"。

有人建议，机器人应在外表上与人类相融——冷冷冰冰的一副"铁板脸"谁会喜欢？

后来，又有人出主意，机器人不但面目应酷似人类，而且还应"性感"。

K公司善于纳谏，两年工夫，便生产出第八代"H电子保姆"——相貌不但达到了与人"乱真"的程度，并且十分"迷人可爱"。

然而，其销路仍不理想。

想不到的是，T公司后来者居上，它生产的"S电子保姆"十分畅销，并很快占领整个世界市场。

原来，"S"与"H"两者的差别仅在于，前者具有"劳累"功能。比如，"S"在给主人擦地板、扛煤气瓶时，常常是"挥汗如雨"，在背主人上医院急诊的途中，不但"汗流浃背"，而且在路上还要摔几个跟头——以致将主人送到医院时，正好到了"最危险的时候"——这是电子程序预先设计好的。

么么分苹果

兔王国分苹果了。公公和么么两只兔子各自都分到了很多很多大苹果。公公将分到的大苹果全部运回家里精心地储存起来。而么么呢，却将大部分苹果都分给了邻居小猴、小鹿和小猪们。

公公知道了，忙跑过去对么么说："你把自己吃的东西都给了别人，难道就不怕饿死吗？"么么说："天无绝人之路，我不会饿死的。"公公见么么不听他的话，就愤愤地对么么说："等你饿得实在受不了时，你给我磕三个响头，我也许还会救你一命的。"

时间一天一天地过去了，么么的苹果也已经吃完了。邻居小猴、小鹿和小猪们知道么么快要饿肚子时，都纷纷将各自家里好吃的东西送了过来。因此么么尽管没苹果吃了，但却吃到了其他非常可口的食物，比如，香蕉、桃子、葡萄、玉米和地瓜，等等。

公公尽管无饿肚子的担忧，可他每天只能吃苹果，尽管他早已经吃腻了。并且，他每天吃的还是烂苹果呢！一大堆苹果里面每天都有几只开始腐烂，因此公公只得每天吃这种烂苹果。为保存苹果，公公买来了一台电冰箱，可他还是没能阻止苹果的腐烂。公公每天吃着那些有点变质的烂苹果，他还每天都在等着么么向他磕头呢！

公公的苹果终于吃完了。当他饿着肚子走过么么家门，看到么么正和小猴、小鹿、小猪们一起快乐地玩耍，他对么么说："你早就没苹果吃了，怎么没饿死呢？"

么么笑笑说："是啊，你猜猜看，我为什么没饿死？"

国庆礼物

陈总到门卫室一瞧，见不足二十平方米的室内除了供门卫小朱休息的一张钢丝床外还多出了一个地板铺——那草席直接铺在地板上，床上放着一个宽枕头和一床折叠成像枕头的被单，还有一只可充电的提灯——陈总无奈地悄悄叹了一口气后，吩咐门卫小朱说："你去仓库把那张床搬回来——"

门卫小朱应命而去。这时，距门卫室约五十米的厕所里走出来一位老头。陈总忙赔着笑脸迎上去，说："爸，你前天已经过了七十大寿了，也该享享清福了，为何又要回来？"

老头闻言，只是从鼻孔里吐出"哼哼"声，不理不睬地往工地上走去。

这老头姓胡名梭，是宏运建筑公司总经理陈总的"泰山"大人，原是某乡村的一名小学老师，退休后一直给陈总"看家护院"（当门卫）。由于胡

女儿的答案

老头一直以"太上皇"自居,常常给工人发号施令,指手画脚,渐渐地陈总便越来越不喜欢他了。今年五一期间,胡老头竟然擅自下令"放假两天",让到九寨沟观光的陈总回来后叫苦不迭。因为,原来的工期因春季雨水多而耽误了许多时间,如今又被老头丢了两天时间,陈总怎能不生气?!然而,生气归生气,陈总还真的没办法对付胡老头——毕竟,胡老头是"泰山"呀,俗话说,撼树容易撼山难!

最让陈总哭笑不得的是,六一期间,胡老头竟然指挥工人,将一只装着胡老头记着五十多年往事的一大摞日记本和陈就(陈总的儿子,如今上初二)的所有作业本和奖状的木箱子,浇筑到地下二十多米深的大楼墙脚里。胡老头说,这些东西现在不值钱,再过一千年,考古专家发现它,全成了珍贵的文物,就算是我碌碌无为的老胡给后人留下的一笔财富吧!

陈总终于找到了一个好时机和一个好借口——9月23日是胡老头的七十大寿,陈总特地将胡老头接到城里,在"银海"宾馆给丈人隆隆重重地拜了寿,并向公众宣布:从此以后,老人就在城里享清福了——也该享清福了!

谁知,胡老头不买账。过了两天,又从城里跑回工地里去了。也难怪,胡老头在城里与当副市长的女儿相处是无论如何也找不到"太上皇"的感觉的!

胡老头回到工地不久,就接连发生了三起"大事":一是湖南籍的工人李三的老婆(年仅28岁)来探亲,因感冒而出现咽喉肿痛和咳嗽症状,听人说吃柿子可除火,便一口气吃下十几个柿子,结果引起老毛病复发——胃穿孔,出血不止,又延误抢救时机而亡;二是江西籍的工人张五的妈妈(年仅37岁)在镇里当环卫工人已五六年,那天竟然猝死在马路上——据说,她死时是坐在人行道的边石上,头埋在膝盖上,双臂环抱着膝盖,一副休息的样子;三是主持工地工作的胡副总(胡老头的亲侄儿,年仅43岁)因肝硬化被人急送上海治疗。

这三起凶险事件发生后,不知何故,胡老头独自一人从工地返回城里了。有人说，胡老头可能想开了，可能真的准备好好享享清福了，人劳累一辈子图个啥呀？财富再多，人死了又带不去，吃力不讨好，何苦呢！陈总也为丈人的"回城"而暗暗高兴。

谁知，9月30日下午5点，胡老头又回到了工地，还从城里带回两麻袋东西，看去好像是过冬的衣被。

10月1日上午7点，胡老头发号施令：全体人员到东3幢一楼大厅集中，我要给大家发一份国庆礼物。听说有礼物分发，大家蜂拥而至。胡老头把从城里带来的两只大麻袋打开，将里面的东西一一分发给大家。183名民工从胡老头手中接过东西后都默默无语——

胡老头说："国庆节这几天，大家都做我布置的作业，就是好好看看我刚刚发给你们的书刊！这是我送给大家的国庆礼物。我这礼物，如果你们珍惜它，则可受用一生！你们的身子就是'宏运'的财富，更是国家的财富，要好好珍惜！世上，钱很重要，但命更重要呀！如何保命，要靠知识！我虽已过七十，但我仍想再活二十年、三十年哪！"

胡老头说完话，整个工地忽地飞起了一片掌声。

原来，胡老头下发的全是他自己多年来订阅的保健知识类刊物的合订本，有《健康之友》、《饮食科学》、《养生与保健》、《保健与生活》、《家庭百事通》、《家庭医生》，等等。

鱼与佛

士俗先生到弘尘潭钓鱼。不到五分钟便钓上来一尾大鲤鱼。

水下的鱼群忽地发现少去了一尾鲤鱼，便不安起来。许多鱼儿都清楚地记得，鲤鱼失踪前是往水上面去的。鲤鱼会去哪儿呢？鱼儿们议论纷纷。

忽有一曾跃出水面见多识广的青鱼说，鲤鱼说不定是成仙了，它可能早已升到天堂里去了！

经它这么一说，许多鱼儿便想起鲤鱼的许多奇特的东西来。有的说，鲤鱼的二十七代祖宗曾跳过龙门，所以其祖上根基很深，成仙是必然的事；有的说，鲤鱼的名字取得好，"里"字里面不是藏着一个"王"字吗？它不升天，也必定要称王的；有的说，鲤鱼的相貌也与众不同，不但嘴上有两根胡须，而且连尾巴都是彩霞色的！

鲫鱼不声不响地认真回忆鲤鱼失踪前的每一个细节，它终于发现，鲤鱼是吃下一个"钩形"的"仙丹"后立地成佛升天的。当它发现士俗又将诱饵放下水时，它就不声不响地悄悄游过去，一口将"仙丹"咬住。

士俗发现鱼儿又咬钩了，连忙将鱼线提起。由于士俗用力太过，鲫鱼被拉出水面后，嘴唇被扯破而逃生了。鲫鱼跑回水里后，惊恐地警告同类：以后见到"钩形"的东西千万别贪嘴。

谁知，鲢鱼说："像你这样尖嘴猴腮的，尾巴上也没一点血色，也想成仙成佛？"

鳗鱼说："生就一副贱骨，即使吃上再多的仙丹也是没用的！"

鲢鱼扯了扯鲫鱼的破嘴唇后说："有运气还不够，狗头不载肉，有缘无福，只能怪你自己命薄了！"

鲫鱼回到家，对子女说，以后见到"钩形"的东西千万别贪嘴——那东西进口后就会钻心的疼痛！

鲫鱼的儿子说，不吃苦中苦，怎成人上人？基督耶稣不是被钉在十字架上的吗？你呀，有机遇抓不住，原因就是怕痛、怕苦、怕付出！古人不是说，天欲降大任于斯人也，必先苦其心志、劳其筋骨、饿其体肤吗？

士俗又一次将诱饵放入水中时，鲢鱼、鳗鱼都不敢轻易去吃，因为它俩取笑过鲫鱼是"贱骨头"，是"有缘无福"的"小人"，它俩生怕自己平时积德不够难以成佛成仙而遭人耻笑。

这时，鲈鱼看到"仙丹"降临，便不顾一切地冲上去抢食，但结果它还是迟了一步——原来，上次脱钩的鲫鱼抢先吞下"仙丹"而升天了。

对于鲫鱼的"非常举动"，鱼儿们当然又有很多话题了。此时鲢鱼、鳗鱼又有些后悔起来，一是怕成佛成仙的鲫鱼报复；二是怨恨自己患得患失，以至于坐失良机，发誓以后再见到"仙丹"就要像孙悟空那样，决不口下留情了！

士俗见钓上来一尾破嘴的鲫鱼，便禁不住嘲讽鱼儿笨蛋！

会意老人说，世上只要有天堂存在，就会有钓不完的鱼儿。信乎？

第七辑

Ru Qin Meng Jing

入侵梦境

驱逐阿拉西

地球上最后一名以杀人为事业的恐怖分子阿拉西终于被驱逐出地球村了。宇宙飞船在将阿拉西载往孤寂荒芜的冥王星的途中却发生了故障。无奈,宇宙飞船只得中途迫降在一颗名叫北方郎崽的小行星上。

想不到的是,只有九十六平方公里的北方郎崽小行星竟是一方迷人的世外桃源,上面除了没有动物外,却是树木葱茏,百花斗艳,空气格外清新之处所。走出飞船,阿拉西忽地发现眼前有一个被陨石撞击而成的圆形大湖,只见湖水清澈见底,似乎还隐隐地透着一股幽香。

身心俱疲、万念俱灰的阿拉西忽然觉得应该认真地洗一个澡,然后找个好地方了结自己的性命。他觉得,如此孤苦寂寞地活着,没有一点人生乐趣,还不如痛痛快快地死去!

洗完澡,阿拉西顿觉心旷神怡,竟陶然地躺在湖边不想自杀了,不久,便迷迷糊糊地睡着了。

忽然,阿拉西被一阵嘈杂声惊醒,睁眼一看,在他洗过澡的湖上竟然神奇地出现了数不清的娃娃,他们不但个子都像七八岁的孩童,而且相貌也惊人的相似!

阿拉西被惊呆了。

说也奇怪,这些孩童见风就长,半晌工夫,便与阿拉西的个子差不多了,

且相貌也跟阿拉西一模一样。

阿拉西终于明白，他刚刚洗过澡的这口湖便是神话传说中女娲娘娘造人时用过的克隆湖。原来，他在洗澡时脱落的活体细胞在富含营养的湖水中迅速发育、生长……

阿拉西惊喜地发现，这些克隆人尽管很相似，但也有些微不同之处，有的额头稍宽，有的耳朵稍大，有的鼻子稍高，有的嘴唇稍厚，有的手指稍粗，有的脚掌稍长，有的……毕竟世上不会有两片完全相同的树叶。

阿拉西认为，额头稍大者是他的额细胞发育而成的，鼻子稍大者是他的鼻细胞发育而成的，四肢较长者是他的肢细胞发育而成的……于是，阿拉西将这些克隆人召集起来，马上任命大量官员：按出身地位高低而定，头部细胞发育而成的，任一品官；颈部细胞发育而成的，任二品官；胸部细胞发育而成的，任三品官；腹部细胞发育而成的，任四品官；胳膊细胞发育而成的，任五品官；手掌细胞发育而成的，任六品官；腿细胞发育而成的，任七品官……

仅脚部细胞发育而成的，为平民百姓。

阿拉西则自然而然地做起了皇帝。

做了皇帝的阿拉西，每天除了听克隆人三呼万岁以外，还有一个天大的烦恼困扰着他，这烦恼便是克隆人虽然形体与他极为相似，思想却跟他并不一致。随着时间的推移，越来越多的克隆人开始不服他的统治，认为大家基因都相同，应该一律平等。

为了维护皇位，阿拉西专门成立了专政机关，一是把克隆湖据为己有，作为他天经地义地高人一等的资本，和不断扩充臣民的源泉；二是大量残杀反对党，稍有异议者便遭杀戮，白色恐怖笼罩整个北方郎崀。此后，阿拉西的主要精力便花在"统一思想"与查处"异己分子"上。

阿拉西还创立了"咩咩教"，大力宣扬"受苦崇高"、"残缺圣美"论——他首先带头割去自己的耳朵，并规定："一品官者挖去左眼，二品官者挖去右眼，三品官者割掉鼻子，四品官者切除上唇，五品官者切除下唇，六品官者裁掉左手，七品官者裁掉右手。"因此，在阿拉西统治下，官民泾渭分明，面容不周正者定是王侯将相，肢体残疾者必是下等官吏，不缺不残者乃是平民百姓。

有的人在虚荣心的作祟下，竟私自割去耳朵，结果被作为"谋反"的证据而处以极刑。那些自毁其容者，均因"假冒官员，妄图破坏社会秩序"之罪而受到惩处。只可怜那些因天灾人祸而致残者白白丢了性命。（"咩咩教"竟然禁止平民追求"圣美"，真是可笑。）

阿拉西在北方郎崽小行星上的行为被监视卫星传回地球村后，地球村上的克隆业便得到了飞速发展，有钱人圆一回皇帝梦成为消费时尚。

正当地球村进入"皇帝时代"时，一个惊人的消息从北方郎崽小行星传到地球，阿拉西被最宠信的心腹大臣阿拉西二世赶下了台。在这次政变中，四十九万克隆人遭到清洗。终于，阿拉西被他的克隆人押送到冥王星里去了。

还真仪

分别二十三年后，我的大学同学、全年级成绩最差的阿亮居然成了举报前十至十八年间全球最大疑难刑事案件的获奖专业户！

获此消息，让我大大地吃了一惊！

半年前，阿亮又成为全球人关注的焦点——因为他忽地被人指控为"全球最大的恐怖分子"——是一个比本·拉登、扎卡维更可怕的"瘟神"！

否则,全球那么多刑事疑难案件,他怎会了如指掌?

上个月,国际法庭判处阿亮死刑。临死前,阿亮竟然点名要我见他一面。这又让我大大地吃了一惊!

在国际监狱,我终于见到了阿亮,这是我俩大学毕业后,首次相见。

只见阿亮盘腿坐在地上,其面容酷似济公和尚,全身单衣单裤,赤着脚,眼神还是与二十多年前一样,不肯正面看人。

突然,阿亮双手捧住我的脸,像端详久别的情人,仔细地看了我二十多秒,直看得我毛骨悚然。而后,他狠狠地扇了我七八记耳光,直打得我晕头转向,耳朵一个劲地嗡嗡作响。只听他口里吼叫道:"你还我清白——还我清白——还我清白!"

真似噩梦一般!

狱官却喜滋滋地对我说:"阿亮是疯狗,咬到谁,谁倒霉!明天枪毙阿亮,要不要看看?"

是非之地,岂能久留,我如惊弓之鸟,迫不及待地逃离了国际监狱。

不知是梦是真?不知是虚是实?嗡嗡作响了九九八十一天的左耳朵,忽然恢复正常,却神秘地浮起阿亮的声音。阿亮告诉我,因有监视器和窃听器,不得不这样做。他说,有一位名叫魔西的电脑专家将一台"还真仪"送给他,要他给"还真仪"不断地升级,以便让"还真仪"的"频谱"不断扩大、"灵敏度"不断提高……

阿亮说,宇宙具有"全息性"。所谓"全息性",是指宇宙中的任何地方、任何时刻都具有整个宇宙的所有信息。中国先人提出的"天人合一"思想,正是对宇宙"全息性"的深刻揭示。当今科技,已经充分证明,全息照片中的任何一小块都拥有整张照片的所有信息,只要得到任意一小块,就能还原整张照片;人体中的任何一个细胞都拥有整个人体的所有信息,只要将某个细胞进行克隆,就能"复制"一个人。历代考古学家、天文学家,就是利用"全息性"而开展研究工作的。要是宇宙不具有"全息性",今人怎能了解远古时代的人类生活?要是宇宙不具有"全息性",地球上的人怎能了解几百亿光年之外的天体的运动规律？要是宇宙不具有"全息性"，分处全球各地的电视机怎能同时收看同一节目？要是宇宙不具有"全息性"，我们又怎能利用手机随时与世界各地的人进行交流？

阿亮说，"还真仪"是一台专测人类生活信息的电子仪器，对它进行细致的"调谐"，就能搜集到某个人的生活信息，并具体地显现出来。可惜，现在的"还真仪"其"频谱"不够大，只能测到距今前十至十八年间的信息；其"灵敏度"也不够高，只能测到二十五至三十一岁人的信息。如果不断地给"还真仪"进行升级，则其"频谱"与"灵敏度"都会向"两极"延伸。要是"还真仪"能测到任何人任何时间的所作所为，则恶人、坏人就无立足之地了……到那时，世上的所有真相都无法掩盖，一切冤假错案还会不大白于天下？各地的贪官污吏岂有容身之所？

阿亮说，他是利迷心窍，用"还真仪"搜索全球重大刑事案件，虽得到了巨大的钱财与名利，却也因此惹红了许多以前看不起他的高能同学（他们怎能容忍低能儿坐上卫星？）的眼睛，使自己身陷囹圄。

阿亮说，"还真仪"是用"有缘人"的脑电波进行升级的。当初，魔西老人在临终前将"还真仪"送给他，正是因为他的脑电波与"还真仪"相匹配的缘故。可惜的是，庸俗之气扰乱了阿亮的脑电波，以致"还真仪"无法升级了。

阿亮说，他用"还真仪"测出我的脑电波很纯，可以使"还真仪"升级，要我排除干扰，使之不断升级，千万别步他的后尘，以免他以及许多被冤屈的人永远含冤于九泉之下。

最后，他把"还真仪"的藏身之所告诉了我……这又让我大大地吃了一惊！

你猜，他把"还真仪"藏在何处？

原来，他早已狠狠地把"还真仪"扇进了我的左耳里！当我能听到他的声音时，表明"还真仪"已在我的耳道内成功"着床"，并已健康发育……

跨过三大坎

夜深人静,已瘦削了半身血肉的病月早早地被重重浮云搅扰得奄奄一息了。

朦胧中,三条黑影时快时慢、时隐时现地奔向红楼神堡的毕业鉴定中心大楼……

瘦高个捏着微光电筒,用白天"克隆"好的钥匙,敏捷地打开了 E 波毕业鉴定室的大门,顿时三条黑影鱼贯而入。

三人不敢点亮室内电灯,只能凭借微光电筒和白天所侦察到的情况找出 E 波头盔、连接导线,以及调控键盘。

瘦高个叫小平头坐在 E 波毕业鉴定椅上,把 E 波头盔套到小平头的脑袋上,矮胖子敏捷地将连接线逐一插好。瘦高个坐上操作台,按了一下启动钮,而后按照电脑显示屏上的提示,输进一串密码,仪器顺利进入正常运行状态。三人顿时舒心地相互点了点头。

瘦高个轻哼了一句:"注意!预备,开始!"并按了一下"赖得"键,立时,小平头脑袋上的 E 波头盔环起三圈光亮的闪耀彩带,只见电脑屏幕上的毕业鉴定分数栏上的数字从"0"开始逐渐递增。

当"分数"慢慢地升至"29"时,小平头忽地惨叫了一声——昏过去了!

瘦高个镇静地按了一下"还原"键,五分钟后,小平头恢复神智,羞愧地叹道:"这毕业关,还真难过唷!"小平头回忆道:恍恍惚惚中,参加工作的第二年遇上了一位才貌双全的女助手,此人很善解人意,彼此灵犀相通,多次向她求爱,但她就是不明确答复。眼见情敌是越来越多,小平头遂决定"先下手为强",择机强暴了她——于是,灾祸从天而降,最终身陷囹圄。直到听见一飘然而至、鹤发童颜的老者,反复唠叨"你呀你,亏就亏在——看到的,就当作自己的"以后,才清醒过来。

矮胖子听完小平头的"失足"经历后,取笑道:"区区一个'色'字都战胜不了,还算是大丈夫吗?"

于是,矮胖子利索地将E波头盔戴到自己的头上,然后坐到鉴定椅上,向瘦高个叫道:"开始吧!"

瘦高个轻哼了一句:"预备,开始!"并按了一下"赖得"键,立时,矮胖子脑袋上的E波头盔又环起三圈光亮的闪耀彩带,只见电脑屏幕上的分数从"0"开始逐渐递增。

当"分数"缓慢地跳过"29"时,瘦高个与小平头都不由自主地叫了一声:"哇塞!"

然而,矮胖子虽然过了"29"这道坎,却在"41"这道坎上栽倒了!当电脑上的分数升至"41"时,矮胖子也惨叫了一声——昏过去了!

瘦高个按了一下"还原"键,五分钟后,矮胖子恢复神智,脸色清白地摇了摇头:"只过了'色'关,却过不了'财'关,难道真的是——鸟为食亡,人为财死?!"矮胖子回忆道:朦朦胧胧中,自己就进了银行工作,每天经手的现钞可谓不计其数。天长日久后,终于发现,贪污公款、挪用公款的机会多得很。只要多操点心,割点"野草",犹如囊中取物一般。正由于"来得容易",所以"去得也快"。且贪心如洪水泛滥,一发而不可收!于是,人从云端堕落并不需要多长时间。直到听见一和尚反复念叨"你呀你,亏就亏在——摸到的,就当作自己的"以后,才醒悟过来。

瘦高个听完矮胖子的"堕落"史后,并没有取笑矮胖子,叹道:"人能跨过'色'关和'财'关,离君子也就不远了!不知我的内功如何,今晚让自己了解了解！"

瘦高个果然"高人一等"，他不但轻松过了"29"关，而且平静地过了"41"关……然而，他最终却没能过"60"——这一毕业鉴定的"合格"关。当电脑上的分数显示为"53"时，瘦高个也惨叫了一声——昏过去了！

瘦高个回忆道，他是在政府机关坐了十五年冷板凳，眼见平辈同事一个个不论品德、才学皆升官走了，最终只剩下他一个老童生坚守老岗位。这一年，忽地空缺了一个办公室主任，瘦高个想来想去，此位子非他莫属，于是暗暗高兴。没想到，最终却让一个乳臭未干上岗不到半年的黄毛丫头给挤了，气得瘦高个心脏病连升三级！直到听见一老年痴呆症患者反复念叨"你呀你，亏就亏在——想到的，就当作自己的"以后，才慢慢回过神来。

五天后，红楼神堡爆出一大新闻，留学红楼神堡的君子国公民有三人通过了 E 波超级人生模拟器的毕业鉴定，三人得分分别是：60分、61分、64分。这是五百年来君子国高才生留学红楼神堡的第一批跨过"看到的"、"摸到的"、"想到的"三大坎的正式毕业生。

走运东伟生

被判终身监禁的全球第一大胖子东伟生在秋山监狱突然神秘失踪了，消息传开，世界舆论哗然。

东伟生曾是我的同事。十多年前，我与他都是刚大学毕业的人，一起被分配到红楼神堡工作。一年后,我与东伟生等八名"杰出青年"因善吃、体重增速快而荣登"八大口福"荣誉榜。不过,那时东伟生并没有多大名气,因为他体重只有469千克,居"八大口福"的末位,而我的体重却有536千克,比他前居五个名次。

理智告诉我,肥胖除了能致人许多致命疾病外,一无是处。因此,在我荣获"八大口福"的第二个月,就在家人、朋友的劝说下毅然离开了红楼神堡,躲到汗雨庄减肥去了。

没想到,五年后,原来的"八大口福"只剩东伟生一人仍在红楼神堡,其他六名"弟兄"皆因肥胖病综合征发作相继离开了人世。不过,此时的东伟生已非当年之东伟生了,他的模样早已令弥勒佛相形见绌。他的体重已位居世界第一。

我出于对他的"阶级感情",给他写去一封信,大意是:为了健康,为了生命,还是尽早离开红楼神堡吧,免得年纪轻轻就步"大哥们"的后尘。

东伟生读了我的信后,给我来了一个电话。他说,离开红楼神堡,不被饿死,就会被馋死。红楼神堡,想吃啥就吃啥,多痛快!

如今,世上有得吃的人不少,但像他这样能吃、善吃的人却很少。许多大款、绅士,不是苦于"没胃口"吗? 他说,他是一个天生的吃喝尤物,不能辜负了上天对他的厚爱。人生在世就要图个痛快,苦行僧的日子他不干。人,反正都得死,想吃不敢吃,想快活而没快活,活着还有啥意思? 不如早点死了呢! 我知道,他那是在骂我,但我并没与他"顶牛"。尽管我确实深刻地体会到,减肥是苦差使,想吃不能吃的滋味实在是受煎熬。但我想,人总是不能贪图一时之快的,生命美丽、宝贵,但也脆弱,能活着就是幸福……

不久,我在报上获悉,东伟生因吃掉熟睡中的妻子的一条胳膊而被关进了监狱。

三年后,一条电视新闻把我惊呆了:刚从监狱里放出来的东伟生,回到家后,做的第一件事就是砍下四岁的儿子的一条腿,狼吞虎咽地吃了。

这个畜生! 原来他根本不是人! 难怪他样样都能吃,样样都想吃。我

禁不住骂了起来。

　　然而,被判终身监禁的东伟生关在戒备森严的秋山监狱里怎么会神秘地失踪了呢?

　　光阴似箭,日月如梭。正当世人渐渐淡忘东伟生时,一艘到谷星考察的宇宙飞船发回了令世人震惊的消息。

　　原来,东伟生是被到地球考察的谷星人救走的。谷星的科技比地球更发达,那里的人很早就不必吃东西了,他们给自身补充能量的办法就是输液——像人类在医院里接受输血那样。他们一生只需在出生第一天输一次营养液,每瓶液只有一百克左右,正常情况下其能量足以维持三百年寿命。

　　谷星人输营养液的办法尽管有许多长处,但也有一个极大的弊端,那就是谷星人无法享受到吃喝的乐趣,无法体会到美味佳肴给生命带来的无限风景。为此,谷星人特地将地球人的吃喝超级大师东伟生偷走,将其带到谷星后,在东伟生的大脑里安装了一个纳米吃喝快感发射器,然后像电视台一样将东伟生的所有"饱口福"脑电波放大后转发出去,使装上"快乐解调器"的谷星人个个都能充分感受到像东伟生一样的吃喝滋味。

　　谷星上,人因无须吃喝,各种飞禽走兽、山珍海味多得不计其数。东伟生到达谷星后,恰如小狗掉进了屎坑里,其乐无穷。据说,谷星人为了保证东伟生长久活下去,专门发明了一种能进入血管内工作的纳米刮脂机器人,以清除东伟生体内过多的脂肪。有消息说,从东伟生体内刮出的脂肪已堆成了一座"雪山"。

　　消息传回后,地球人欣喜不已。因为食物越来越丰富的地球人,多数人"胃口"反而越来越差。闻知"快乐"能转发,许多地球人就忙于筹划到谷星人那里购买"快乐转发"技术哩!

入侵梦境

自从金市长的千金妙妙出了车祸以后,金市长家的新闻接连不断。那天,妙妙与新婚丈夫可可驾着一辆宝马车去野外秋游,不料,途中被大卡车撞了一下。肇事者趁妙妙与可可昏迷之际,逃之夭夭。

等可可苏醒后,可可发现自己除了断了左手臂外其余完好,而开车的妙妙虽不见明显的外伤却仍不省人事。可可挣扎着爬出车外,拼命呼救。然而,漫漫荒野,绵绵大道,一时竟不见一个人影。可可找出手机向 110 报警,竟不知自己身在何处! 原来,每次外出游玩,可可都只有跟随的份!

不知过了多久,可可终于拦住了一辆过往的马车。可可将身上所有的钱都掏给了车夫,终于,车夫将可可与妙妙送进了医院。

也是妙妙命不该绝,虽然耽搁了时间,然经"超然"医院两个多月的精心医治,最终还是死里逃生了。不知是着了什么魔,在医院里,睡梦中妙妙总是不断地呼唤着车夫吴嘹的名字,天天如此,弄得一直带伤守护着妙妙的可可既恼火又伤心,既尴尬又无奈。

谁也想不到,出院后,妙妙做的第一件事是去法院与可可离婚,第二件事是"一定要嫁给车夫"。人们都惊呆了——那车夫可是一个穷得叮当响的乡巴佬,家里除了一口铁锅是像模像样的以外,连一副完整的床板都没有,何况那车夫又是一个早已错过谈婚论嫁时光、弓着背、满脸长着蛤蟆皮、

年龄比妙妙的父亲金市长还大一岁的老头！

于是，妙妙与车夫一下子成了全市人街谈巷议的主题！听人说，妙妙多次直言不讳地告诉人们：不知怎的，她离不开车夫，每天晚上都梦见车夫！要她离开车夫，真不知如何过日子！

于是，大家都相信了"缘分"，相信了"爱神"的魔力！

有道是，一家欢喜一家愁。从天而降的"林妹妹"让老车夫"喜出望外"，却令金市长一家处于水深火热的境地。金夫人终于经受不住残酷现实的煎熬，原先得以控制的脑瘤迅速增长，没过几天，不得不住进了"超然"医院。

令人不可思议的是，三个月后，金夫人在生命垂危之际，每每在睡梦中总是不断地呼唤着一个人的名字——这个人既不是丈夫金市长，也不是女儿妙妙，而是令金市长一家从天坠落到地上的车夫吴嘹！

无奈，金市长不得不放下臭架子，允许"女婿"吴嘹到医院服侍金夫人。

金夫人让车夫吴嘹抱着她，竟然当着金市长的面说道："你这个冤家，不知用了什么魔法迷住了妙妙？还让我活受罪。害得我每天夜里，一进入梦乡，就见你飘然而来，带着我神游浩瀚的太空，快乐无比！以前，我可从没做过这么多这么舒畅的梦。难道你真的是神仙下凡？妙妙如果不是我自己的亲生女儿的话，我还真的要与她抢老公呢！"

这铁石之音，竟成了金夫人最后的遗言！于是，金夫人的遗言像洪荒时期的洪水一样很快涌入千家万户。一周后，金市长被人送进了精神病医院。

三个月后，妙妙与车夫离婚。

四个月后，妙妙又与车夫复婚。

九个月后，妙妙又与车夫离婚。

十一个月后，妙妙又与车夫复婚。

一年后，"超然"医院的胡仑博士在红楼神堡秘密宣读论文《人类神圣的爱情由梦构成》。胡仑博士披露，妙妙与车夫的婚姻全是他操作控制的。妙妙出车祸在"超然"医院治疗期间，胡仑博士悄悄地将一枚只有芝麻大的"爱之神"梦幻发生器植于妙妙的右耳轮上,使妙妙每夜梦见车夫,与车夫一起驾着马车遨游鲜花遍野的大地和广阔无垠的太空,惬意无比。长期的、重复的、美妙的梦境,使妙妙以为神圣的爱神的降临,从而冲破层层世俗的封锁,与车夫结为夫妻。关掉梦幻发生器后,美梦就不会出现在妙妙的梦里,妙妙就无法忍受现实的残酷,就与车夫离婚。反复多次的实验证明,神圣的爱情仅仅是一个美梦而已。

胡仑博士还透露,他还在他的初恋情人——金夫人的身上安装了"爱之神"梦幻发生器,其效果也令人非常满意。胡仑博士说,人类的精神生活大部分在梦里完成。世上几乎无人能够抗拒同一梦境多次重复所累积的力量。人,很容易被虚幻的梦所征服。

一个月后,正当胡仑博士在红楼神堡申请"爱之神"梦幻发生器的发明专利时,妙妙的前夫可可带着警察将其逮捕,其罪是"非法侵入他人梦境",致使金市长家破人亡。

五个月后,因初恋失败而终身未娶的胡仑博士神秘地在看守所失踪。

三年后,"让美梦成真"的包办婚姻广告成了新的"城市牛皮癣"。

有福的麻四

麻秆村的人都说麻四老头的福气好,但麻四老头却一直说自己命苦,而九婶总骂麻四"这老东西太没良心"!

这工夫，麻四老头又在麻秆村的老年协会麻将厅里边抓牌边骂女儿了。

"还说是医学博士、教授，还说是全国最年轻的院士哩，居然自己看不好自己身上的毛病……"麻四老头一边说话一边打出一张"东风"牌。

"啊哈哈——"又掀起众人一阵开怀大笑！

"这博士、教授、院士，不知道是怎么搞来的？自己给自己看病，居然是越看毛病越多……"麻四老头将刚刚抓到的一张"九筒"牌不假思索地抛了出去，却立即被对面的九婶"碰"走了。

"啊哈哈——"众人又是一阵开怀大笑！

"这老东西是越来越不像话了，吃女儿的，花女儿的，还骂女儿，真是太没良心了……"九婶边认真组牌，边笑骂麻四老头。

麻四老头根本不在意九婶的笑骂，还是一边随意地笑骂自己的女儿，一边随意地抓牌、出牌。

其实，麻四老头今天说的这些话根本不新鲜，麻将厅内的人不知听过多少遍了。然而，众人还是很爱听，好像是第一次听到似的。整个麻将厅被众人的笑声炒得热热烈烈的。

麻四是麻秆村的大名人。其父是麻秆村的大地主，村里九成多的土地解放前都归他家。因出身成分不好，麻四没娶上媳妇，却生下了一个女儿，那是麻四与村里的寡妇（九婶的大姐）的产品。

麻四的女儿取名为麻凡，幼时常受父亲的冷遇，因为麻四与寡妇之间的事就是有了"麻凡"之后而增添了许多麻烦的。

没想到，麻凡长大以后，人不但漂亮，而且聪明，她是麻秆村恢复高考后的第一个大学生，如今在省城的一所大学的附属医院里供职。麻四的女婿是省里某部门的主任。据麻四说，他的女婿是一个不通情理的人。因为，他女婿所管的钱，虽然可以吃肉吃鱼喝酒抽烟和住高级宾馆，但不可以吃药打针和住医院。近十年，麻四的毛病是越来越多，几乎整个身体都有病。按麻四的话说，就是女儿在医学界的声誉越高，他的毛病就越多——这不是绝大绝妙的讽刺吗？有人戏说：如今医院唯利是图，医生收受红包，搜刮病人，可能是老天看不过去,特意搞的报应呢! 麻四不无得意地透露,他花掉的药费和住院费都由女婿改名为餐费和住宿费而报销掉。

如今,麻四却突然神奇地百病全消,因住不惯城里,特意回到老家麻秆村养老。孝顺的女儿专门聘请九婶为其父的保姆,每月工资是八百元,另又给麻四八百元零花钱。麻四的零花钱几乎都在麻将桌上输给了村里人。村里人说笑话,这保姆费和零花钱说不定也由女婿改名为餐费和住宿费报销掉了。

村人羡慕麻四的福气,麻四却怨恨自己的女儿。麻四说,年轻时因社会毛病多致使自己多受罪,年老后因自己身体毛病多而活受罪,既然女儿是一流的医生,怎么就保不了老爸的身体? 真是命苦!

"麻四,你今年八十了吧? 属虎的吧? "李根笑盈盈地拎着一把茶壶,走过来给众人续茶水,他是老年协会的专职司茶工。

"要给我做寿吗? 年三十是我的生日,我这只老虎……只剩一点点尾巴……要是老娘能多熬几个时辰,那可就是大年初一……那就是金兔子的命啦……"

"老虎好! 我想,你这八字就生在这老虎的尾巴上! 你想想,如今的老虎是国家重点保护的动物,比大熊猫还稀少,还珍贵,难怪你的福是享也享不完! "李根似发现新大陆,很得意自己的"新发现"。

"你太年轻,不懂事,我受苦的时候,你的爷……鸡巴还拖门槛哩……"麻四边说边用茶杯去接李根的壶水。

众人又是一阵开怀大笑。

"要不是闹解放,我的老爸就不会吃铁花生米,我这个大地主的儿子也不会二十五岁就从上海遣回老家改造,后来也不会天天挨斗,也不至于要跟人家寡妇相好才生下一个女儿……"麻四仍笑呵呵地边洗牌边说话。

"那,你得老虎年的正月初一出世! "李根插嘴道,"那样的话,我们这些乡巴佬可都见不到你了……"

"唉——李根,你给我记住,今年的腊月是小月,没有三十日,你想给我做寿的话,你得提早哟!"麻四将刚抓到的一张"白皮"牌抛了出去。

"碰!"对面的九婶开心地叫道。

"你的好牌,全给九婶拿走了,就叫九婶给你做寿吧!"

"你……你……你……我就知道你……不是个好东……西……"

谁也没有想到,麻四竟然头一歪,就这样离开了人世!

麻四死了。哭得最伤心的人是九婶。九婶躲在家里哭道,保姆费才领了八个月……这八个月麻四能吃能喝能睡且无一点病痛,原以为麻四能长寿,起码再活十年没问题……本想替早死的大姐享点福……怎么自己这么命苦?!

一年后,麻四的女儿麻凡成了医学界的新星。她的研究成果是,正常人的机体预警系数是 0.7,即人体内的器官其功能丧失百分之七十时,才出现明显的病症。如果将预警系数调低,如调到 0.4,则人体内的器官其功能丧失百分之四十时,就会出现明显的病症,这样就很便于疾病的早期发现和早期治疗。但是,预警系数调低的负面影响是人经常被告警,即人体经常出现病症,也就是人会经常"生病"。尽管机体有自动的修补功能,可是人的机体毕竟每时每刻都与各种邪气做斗争,每时每刻都在损兵折将,常常出现险情是必然的。反之,如将预警系数调高,如调到 0.9,则人体内的器官其功能丧失百分之九十时,才出现明显的病症,这样的话,其人一定很少"生病",只是一旦出现病症,就如雪崩,无法抢救了。

人们终于明白,晚年的麻四之所以多病,原因是女儿想让他长寿,故意调低预警系数,让病症及早出现,以便得到早期治疗。没想到麻四经不起病痛的折磨,经常讥笑女儿无能,取笑女儿的"博士"、"教授"名号。

把自己的机体预警系数也调低的麻凡博士,在饱受了疾病折磨的痛苦,觉得人经常生活在病痛中而长寿并非是好事之后,终于狠了狠心,将麻四的预警系数调高到 0.9——于是,麻四"无病痛"地快乐生活了最后八个月。

屡见白面书生

这天，夜阑人静，月光如水。我独自伏案写作。正当我思维迟钝、昏昏欲睡之际，忽觉一道蓝光破窗而入，令我心头一怔！

到底发生了什么事？我推窗向外张望时，却见一非常面熟但一时又想不起他到底是谁的白面书生向我打招呼："快去，快去，法庭正在审判比尔·盖茨哩！"

"哪个比尔·盖茨？是不是美国的微软大王？为何要审他？"

白面书生笑骂道："傻蛋，前去看看不就清楚了吗？"

我觉得有理，便跟着他而去。

走出居室，抬头看天，一轮明月格外刺眼，然而地上的路却怎么也看不清楚。深一脚，浅一脚，不知走了多长时间、多少路，只知脚下绊脚石很多，跌得我鼻青脸肿，浑身疼痛，一路喊娘不已。

忽想起那个叫我出来的白面书生，举目四顾，不但找不到他的影子，甚至连天上那个亮得扎眼的月亮也不知何时消失了。顿时，我既恐惧又恼怒，禁不住声嘶力竭地大骂起来。

没想到，在这空旷寂静的夜空中，我的叫骂声竟启开了一扇大门。那是离我三四百米远的一座城堡的大门。此门犹如炼钢炉中的门，随着它的开启，一道雪亮的光柱从中涌出，迅即划破寂静的夜。

只见门内走出两位美若天仙的礼仪小姐,她俩身着紧身蝉翼般的游泳装,高挺的酥胸格外扎眼,笑盈盈地飘到我的眼前,彬彬有礼地问我为何骂人,到底骂谁?

我如实相告后,两位迷人的小姐对我说,只要听她们的话,她们就能为我解气,并一再声明,她们无所不能,任何为难之事到她们手上都易如反掌……

口若悬河的骗子我见得多了!虽然她们楚楚动人,但我对她俩并无好感,我拔腿转身就走。

两小姐很敏捷,一前一后拦住我,个子稍高者告诉我,她们是"如愿"集团公司的促销员,为了提高企业的形象,公司定期为顾客搞免费服务……

个子稍矮者忙接口对我说,恭喜先生,今天正是我们的免费服务日,你无须付钱便可了结心愿。

我仔细摸了摸口袋,发觉身上没有一分钱,也就不怕她们敲诈了。因身子确实被跌得浑身伤痛,对白面书生恨得咬牙切齿,遂经不住两小姐的引诱,走进了"如愿"城堡。

人虽走了进去,但我心里仍有疑惑,我问引路的小姐,白面书生会在里面吗?怎么才能找到他?

两小姐笑眯眯地对我说,急啥呀?到时候你自然就清楚了!

两小姐将我带进了一个小花园,递给我一副眼镜后说道:"戴上它,你就能很容易地找到想找的人了!"

我将眼镜架上鼻梁,稍一定神,顿觉脑子一片空白,忙屏气凝神,却听见白面书生的笑声飘然而至。真是怪事!怎么说来就来了呢?我忙张眼四顾,却见白面书生正在前方不远处的小亭子上独自说笑。我分明听见白面书生在讥讽我,说什么世人就爱幸灾乐祸,一听说名人遭殃落汤,就不顾自己跌得鼻青脸肿,也要去看个热闹了……

我闻言,怒火中烧,拾起一块砖头,悄悄绕到白面书生的背后,朝他的脑壳狠狠地砸了下去,顿时脑浆迸裂。

发觉自己杀了人，我惶恐万分。仔细一想，为了区区一点小事，竟然性命相搏，真是不值得。如此一想，我便后悔不已，于是禁不住大哭起来。忽见来了两名警察，我眼睛一黑，便瘫倒在地上。

等我完全清醒以后，两小姐才笑嘻嘻地告诉我真相。原来，我刚才找人、杀人全都是幻境。这幻境全由她们的高科技产品——梦幻发生器所创造。她们将梦幻发生器安入特制的眼镜里，人只要戴上它，其欲望脑电波就会被它所检测，眼镜中的超能计算机就会迎合你的欲望设计出"遂人心愿"的幻境输入大脑中，使你身如其境地感受一番。

飞机、火箭，让人圆了"长翅"的梦；无线电技术，使人过了"千里眼、顺风耳"的瘾；无疑，梦幻发生器是人们"成仙"的天梯。戴上梦幻发生器，就能过皇帝瘾，就能与老子论道，就能与秦王比剑，就能与李白谈诗，就能与恐龙赛跑，就能与土星人赛足球，就能到天女星座观光……总之，有了梦幻发生器，地球人足不出户就能领略"时空隧道"、"星际旅行"的无限风光。

很快，地球村人就全面进入了梦幻时代！

正当地球村人全部沉湎于"如愿"城堡时，白面书生又突然出现在我的面前，告诉我一个惊人的消息：电脑被人发明后，外星人惶惶不安。比尔·盖茨是仙鹤星座人派往地球的特使，其目的是让他到地球上开发电脑软件，构筑网吧，供地球人玩闹、消遣，以消磨地球人的精力与向太空扩张的欲望，免得地球人跑出地球去污染别的星球。没想到，比尔·盖茨虽然用互联网网住了许多地球人，但负面效应也很大——地球村的一些"精英"利用微软技术寻找外星人，使航天事业得以长足发展，以致地球的外层空间撒满了航天垃圾。为此，仙鹤星座人及时调整战略决策——废弃比尔·盖茨，另行开辟"如愿"城堡。事实证明，"如愿"城堡没有让仙鹤星座人失望。

这回，我终于想起来了，终于认清楚了，白面书生是我的第八代克隆人，名字叫蓝克庭。

克服排异反应以后

美容是时代潮流，却也是现代人的烦恼。可不，旦灵姑娘这不又坐在电脑前与不知真实姓名、性别、年龄、远近的网友叙说美容的痛苦了吗？

应该说，旦灵姑娘是现代美容术的受惠者。她的父亲尹犴虽是H城的首富，但尹犴的脸面却如他的品德一样，令人叹息。他包的"十六奶"尽管天仙一般美丽动人，但他们生下的孩子——旦灵姑娘却大多继承了尹犴的相貌缺点：小眼睛、八字眉、塌鼻子、窄额、长颐……

为了"补偿自己的缺点给孩子带来的心灵创伤"，尹犴在美容开支上从未吝啬过，天南海北、国内国外，只要听说哪里有高级美容师，旦灵姑娘就没少往哪里跑，结果是金钱确实掩住了相貌上的许多缺点，旦灵姑娘出落得芙蓉一样楚楚动人了。然而，意想不到的是，一系列的美容综合征却一直困扰着旦灵姑娘，比如，被垫高鼻梁的鼻子，其嗅觉大大减低，几乎不能辨别香臭；更糟糕的是，这冠冕堂皇的鼻子几乎成了流感病毒的窝点！据医生说，这美容综合征是由于人体对异物植入的"排异反应"引起的，无法抗拒，属"文明病"。今天，旦灵姑娘向网友诉苦的正是这个"鼻子问题"！

一名自称是"普度众生"的网友告诉旦灵姑娘，蒙想国伤深大学的胡丑教授最近发明了一种消除人体"排异反应"的特种药"史人愁"，不妨去见识见识。

或许是"病急乱投医"，旦灵姑娘当即向父亲要来钱款，并租来一架飞机，直抵蒙想国。

好不容易找到胡丑教授，却令旦灵姑娘一惊。原来所谓的"伤深大学"是一个办在殡仪馆里的，只有胡丑一人的机构。据了解，胡丑本是殡仪馆的司炉工，因他痛惜这些被火化的尸体无法回收利用而潜心科研。胡丑认为，人体是一架绝妙的机器，"一次性"使用，实在太可惜了。世人死亡，大多只是某个或某几个器官失效而已，许多功能完好的器官付之一炬实在是世上最大的浪费。为此，胡丑通过八十八年的攻关，终于在癌细胞与艾滋病毒中提炼出"抗人体排异反应"的酶——史人愁。有了这种酶，任何人之间，器官都可以互相移植了。无疑，人体器官的最大宝库是殡仪馆，这正是胡丑不愿离开殡仪馆的原因了。

胡丑给旦灵换上了一副既合适又漂亮的真人鼻子后，原先那种因人工原料填充鼻梁而引起的美容综合征果真在旦灵身上消失了。为此，旦灵姑娘兴奋不已，鼓励父亲也去胡丑那里换来一副好相貌。

三年后，正当旦灵与新婚丈夫沉浸在高科技与多金钱的幸福之中时，在太平岛游玩的第一天，就遭歹徒抢劫：旦灵被割走鼻子，丈夫被剜去眼睛……原来，人类克服了"人体排异反应"后，野蛮的太平岛人便以抢劫、贩卖人体器官为致富捷径，致使到该岛旅游的外地人，便如当今城里人丢失自行车铃那样容易丢失鼻子、眼睛……为了不使财源枯竭，太平岛人一方面为受害者换上低档的劣质人工替代品（太平岛人以为，有钱人的脸面大多不是他自己"亲生"的，何况他们要再换一副好尊容是轻而易举的事，抢劫富人眼鼻不算太缺德），另一方面还不忘给受害人注射"遭劫记忆消失灵"。

女儿的答案

干菜怎样算炒熟了

爷爷99岁那年,尽管耳朵早已聋了,手脚也不灵便了,但还没有哑。

做寿那天,儿孙辈共46人全部到齐。泱泱大家,应约相聚,无人闹别扭,无人摆架子,无人耍花招,却还是头一遭。虽然三叔是以"病假"名义回家,四姑丈、五表哥是"出差"路过而到家的。在这物质日益丰富,要吃有吃,要穿有穿,要花有花,要命却不一定有命,想活却不一定能活的今天,大约都是想讨个吉利沾点长寿之光才如期而来的罢。

爷爷很高兴,见到人总要抓住说几句。可是我们谁都不愿跟爷爷说话。原因很简单,爷爷除了长寿之外,就没有一样东西能引起我们的兴趣。

"耳朵聋起来,还不甘寂寞!"不管是在爷爷面前还是在爷爷背后,我们都这样说爷爷。

反正爷爷听不见我们讲些什么。如今这年月,连我们年纪轻轻的人都需"换脑筋"后才赶得上形势,爷爷那鹅卵石般的脑袋能孵出我们感兴趣的东西吗?如今这年月,同床共枕的夫妻都不一定有共同语言,何况与上世纪的遗民对话。然而,爷爷却很顽固,只要能被他抓住的人,他总要说个不停。于是,我们都有些怕,生怕被爷爷缠住。尽管我们都是来为爷爷做寿的,尽管我们谁都没有少讲话。

其实,爷爷讲的话很简单,那就是:"干菜怎样算炒熟了?"不管抓住谁，爷爷总是反反复复地说这一句话。我们谁也没有回答。在爷爷面前，谁都只会笑嘻嘻地一个劲地点头。自从爷爷耳朵聋了以后，我们在听爷爷讲话时都学会了一个劲地点头，不管爷爷在说啥。爷爷问得累了，一不小心被抓住的人就会溜走。于是我们都说："爷爷老昏了，看来快了！"

吃了一个世纪的干菜，居然连干菜怎样算炒熟了也不知道，这不是白活了吗？活这么长寿又有什么意义？早该死了。

爷爷做完寿第五天便悄悄去世了。于是，那些在爷爷做寿那天讲过"爷爷老昏了，爷爷快了！"的话的人便如发现新大陆的哥伦布，便如中了2000万元大奖的穷光蛋般兴奋。爷爷去世了，谁也没有为爷爷流过眼泪。每每爷爷的儿孙们聚在一起，想起爷爷，总免不了戏言"干菜怎样算炒熟了"。看那眉飞色舞的表情，似乎只有爷爷才不解这世上最简单的问题。

不幸的是，爷爷的基因在我身上保留得最多，退化得最少，进化得最慢。爷爷去世十年了，"干菜怎样算炒熟了？"我却始终没有搞清楚。我也不敢对人发问，生怕别人也说我："老昏了，快了！"尽管我像初八九的月亮，还没有蓄满一身血肉。

此后，每每见到母亲、妻子在炒干菜，我便躲在一旁全神贯注地观察，总想弄清楚爷爷留下的问题。然而，我却一直没有得出能说服我自己的答案。我真担心，会不会像爷爷一样，到死也不知道干菜怎样才算炒熟了呢？难道我也要等到耳朵聋了，听不到别人说三道四时再去问人家："干菜怎样才算炒熟了"吗？

爷爷留下的问题，实在太折磨人了。